모든 순간은

당신을 만나기 위함이었습니다

김민영

3,923일의 생존 기록

3,923일의 생존 기록

보건의료 전문기자의 우울·공황·불안을 '살아 내는' 이야기

김지수

담다

◆ 일러두기

이 책은 글쓴이가 취재 현장에서 겪은 다양한 실제 사례를 다수 포함합니다. 환자
의 사생활 보호를 위해 이름을 밝히지 않았으며, 세부 정보와 자세한 상황은 일부
변형했습니다. 대화는 글쓴이의 기억을 근거로 재구성했습니다.

진정한 성공

랄프 왈도 에머슨

자주 그리고 많이 웃는 것
현명한 이에게 존경을 받고
아이들에게서 사랑을 받는 것
정직한 비평가의 찬사를 듣고
친구의 배반을 참아내는 것

아름다움을 식별할 줄 알고
다른 사람에게서 최선의 것을 발견하는 것
건강한 아이를 낳든
한 뙈기의 정원을 가꾸든
사회 환경을 개선하든
세상을 조금이라도
살기 좋은 곳으로 만들어놓고 떠나는 것

자신이 한때 이곳에 살았음으로해서
단 한 사람의 인생이라도 행복해질 수 있다면
이것이 진정한 성공이다

추천사

수년 전 인터뷰 촬영을 위해 김지수 기자를 처음 만났다. 카메라 앞이 불편하고 어색하던 내게 최대한 편하게 하라고 말하며 머리매무새를 고쳐 주는 그의 가벼운 손길에서 왠지 모를 편안함을 느꼈다. 동시에 짧은 시간 촬영 현장을 장악하는 모습에서 '진정 프로구나'라고 생각했다.

이 책을 읽으면서 그 당시 경험했던 기자로서의 프로다움과 함께 공존하는 섬세함과 배려가 나만의 주관적 느낌이 아니었다는 것을 확인할 수 있었다. 하지만 그런 모습이 타고난 것이리라 생각했던 예상이 상당히 빗나간 것 또한 알 수 있었다. 그런 모습 이면에는 수없이 반복했던 훈련과 연습이 있었던 것이다. 일반적으로 그리도 지독히 자신을 단련하는 것은 어려운 일이기에, 우리는 그 모습을 보고 쉽게 타고난 것이라 생각하는지도 모른다. 어찌 보면 그런 성실과 노력도 재능이 아닐까 싶기는 하다. 그러나 저자는 힘든 상황에 놓였을 때 성실과 노력이 어떻게 발현되고 성장했는지를 보여 준다. 씨앗을 틔우고 무럭무럭 자라게 하는 자양분이 바로 꿈과 희망이었다는 것을….

보건의료 전문기자로서 만나는 많은 이에게 비추어지는 저자의 시선은 현실적이지만 다정하고 따뜻하다. 일상에서 만나는 모든 사람에게 어찌 이리 한결같은 마음을 가질 수 있는지 놀랍지만, 곧 그것이 세상을 향한 저자의 시선이리라.

대학생 시절 이후 현재까지 한결같이 이어져 온 저자의 치열한 삶은 기자로서 능력과 성취를 가져왔으나, 그 과정 중 자신을 제대로 돌보지 않은 탓에 방전의 시간을 초래한다. 저자는 그 시간을 다시 이기고 일상으로 회복하는 과정을 담담하게 그려 낸다. 그리고 독자인 우리도 함께 변화를 경험한다. 저자는 책을 통해 항상 전력 질주해야 할 것 같고, 그렇게 하지 못하면 스스로 게으르고 무능하다고 자책하는 많은 이에게 말한다. 중간중간 쉼이 필요하다고. 또한 쉼이 있는 시간이 실패의 시간은 아니라고. 그러면서 열심히 치열하게 사는 삶뿐 아니라 언제, 어디서, 어떻게 쉼을 가져야 할지 질문을 던져 준다. 이는 사람마다 다른 방식으로 적용되겠지만, 누구에게든 공통적인 점은 충분하고 적절한 쉼은 이후 우리를 한 단계 더 발전하게 한다는 것이다.

저자는 세상천지에 자신을 도와줄 사람이 아무도 없을 때도 어느새 다양한 인연을 친구 또는 조력자로 만드는 모습을 보여 줬다. 진정성을 가지고 목표를 향해 나아간다면 자신에게 무심했던 사람들도 변화해 힘을 보태 준다는 걸 확인시켜 줬다.

이 책은 세상을 좌충우돌 돌직구로 살아온 한 사람의 이야기다. 좌충우돌의 목표가 나를 더 발전시키고 주변을 따뜻하게 비추고 더 나은 세상을 만드는 것이라면, 그런 좌충우돌은 진심으로 응원하고 싶다. 지금도 어딘가에서 자발적 쉼이 아니라 넘어져 있다고 생각하는 사람들에게 과정보다는 결과로 답을 내는 세상에서 내가 할 수 있는 만큼 열심히 하는 과정 자체가 아름답다고 말하고 싶은, 언제나 사람들과 세상에 다정한 시선을 보내는 저자의 마음이 전달됐으면 좋겠다. 마지막으로 이 책에서 저자가 한 말을 인용한다.

"온 힘을 다해 사랑할 대상은 자기 자신입니다."

정유숙

성균관의대 삼성서울병원 정신건강의학과 교수
전 대한소아청소년정신의학회 이사장
전 대한청소년정신의학회 이사장

13

3,923일의 생존 기록

프롤로그

모든 사람이 나처럼 항상 우울한 줄 알았다

언제부턴가 모든 사람이 나처럼 항상 우울한 줄 알았다. 우울한 게 자연스럽고 편안하게 느껴졌던 때가 있었다. 우울하고 슬퍼도 이를 억누르고 항상 밝게 웃었다. 그러던 어느 날 감정의 둑이 무너졌다. 참아 왔던 모든 우울과 슬픔이 나를 덮쳤다.

내 우울의 근원은 20대로 거슬러 올라간다. 불행했던 가정사는 트라우마로 남아 아직도 상처가 크고 깊다. 적당히 현실과 타협하는 게 자연스럽게 느껴질 정도로 당시 내가 놓인 상황은 불우했다. 나를 버티게 해 준 건 '꿈'이었다.

서울에 있는 대학교에 진학하고 연기자로 성공하는 것.

상경에 성공했고, 지상파 대하사극 드라마에 캐스팅돼 꿈이 현실이 되는 것 같았다. 하지만 기적처럼 주어진 기회는 끝내 불발됐다. 게다가 나를 둘러싼 환경은 더 힘들어졌고 연기자의 꿈을 단념할 수밖에 없는 상황에 이르렀다. 하지만 나는 포기할 수 없었다. 방송사에 입사하면 연기할 기회가 생길지도 모른다는 막연한 생각으로 방송사 입사 시험을 준비했다. 그 과정에서 연기자에서 기자로 꿈이 바뀌었다.

우여곡절 끝에 국내 최대 규모의 언론사에 경력기자로 입사했다. 보건의료 분야 전문성을 인정받아 입사한 것이라 전문기자로 성장할 일만 남았다고 생각했다. 그런데 인생 최대 복병이 기다리고 있었다.

'우울증'과 '공황장애'라는 진단은 충격적이었다.

하지만 병도 전문기자로 성장하겠다는 의지를 무너뜨리지는 못했다. 나는 위기를 기회로 바꿔 버리겠다며 승부수를 던졌다. 투병을 계기로 정신건강 이슈를 선제적으로, 적극적으로 취재·보도했으며 정부와 의료계에서 공로를 인정받았다. 문제는 그 과정에서도 병이 자꾸 재발했고, 끝내 전문기자 타이틀을 내려놓게 되었다. 삶의 중심추였던 꿈이 사라지면서 조금씩 삶이 흔들렸다. 병을 향한 원망이 점점 커졌다. 그 어떤 것도 내 가슴을 다시 뛰게 하는 일은 없을 것 같아 두려웠다. 그렇다고 절망만 하고 있을 수는 없었다. 절망하기에는 그동안 이뤄 낸 성과들이 아까웠고, 삶이 소중했다.

나는 다시 꿈꿀 수 있는 '무엇'이 있을 거라 믿었다. 그걸 찾기 위해서는 우선 나와 마주해야 한다고 판단했다. 숨 가빴던 지난날을 돌아보고 병을 들여다봤다. 과거에 나는 고난이 주어질 때마다 굴하지 않고 헤쳐 나갔다. 항상 꿈을 좇는 자, 그게 바로 나였다. 나를 둘러싼 환경이나 상황은 바뀔 수 있지만, 꿈을 이루기 위해 노력하는 나 자신은 변하지 않는다는 것을 알게 됐다. 전문기자를 포기했다는 상황에 흔들릴 필요가 없어 보였다. 중요한 건 상황이 아닌 본질이며, 본질은 변하지 않는 나 자신이라는 것. 결국, 나는 언제든 꿈꿀 수 있다는 사실로 귀결됐다.

전문기자를 포기했을 때 또 다른 꿈이 나를 찾아왔다. 글을 써서 세상과 소통하고 싶은 마음이 생긴 것이다. 우울함이 내 삶을 흔들 때 나를 버티게 해 준 것이 몇 개의 문장이었듯, 나도 그런 글을 쓰고 싶었다. 내가 진실한 문장을 통해 위로받았고 다시 살아갈 용기와 힘을 얻었듯, 나 또한 누군가에게 그런 존재가 되고 싶은 꿈이 생긴 것이다. 결국 작가의 꿈은 병이 내게 준 선물이었다.

서로 잡아 죽일 듯 싸웠던 나와 내 병, 이제는 함께 살아가는 동반자 관계로 바뀌었다. 병은 내 '아픈 손가락'이다. 단순히 관리해야 하는 만성질환이 아닌 애정을 쏟고 지켜봐야 하는 대상이 됐다. 병을 더 세심히 들여다보고 따뜻하게 대해 주기로 다짐했다.

이번 책은 병을 보듬는 마음으로, 작가의 꿈을 응원하는 마음으로 준비했다. 과정은 험난했다. 잊고 지냈던 아픈 과거와 마주하는 게 많이 힘들었다. 하지만 누군가는 나의 글을 읽고 위로받을 것이라 믿으며 힘을 냈다.

이 책은 또한 보건의료 분야를 10여 년간 취재해 온 전문기자로서 목격한 생사의 경계에 선 이들의 이야기도 다룬다. 산소통을 휠체어에 매단 채 나타나 뭐든 물어보라고 했던 COPD 환자, 목소리를 거의 잃은 상태로 인터뷰에 나섰던 후두암 환자 등 말기 환자들이 카메라 앞에 서는 걸 보면서 인생을 배웠다. 여명이 얼마 남지 않았는데도 타인을, 이 사회를 생각하며 인터뷰하는 모습을 보면서 인간의 품격을 생각했다. 환자들이 한목소리로 외친, 자신처럼 병을 방치하지 말라는 메시지를 통해 세상에 아직 온기가 존재한다고 위로받았다. 내가 그들로부터 받은 감동과 깨달음이 온기를 품은 채 전달되면 좋겠다.

가진 거라고는 꿈 하나였던 20대, 치열한 삶을 살 수밖에 없었던 시절의 이야기도 이 책에 담았다. 꿈을 향해 나아갈 출발선이 불리했지만 좌절하지 않았고, 환경이 좋지 않았기에 더 열심히 했던 젊은 날. 그 과정에서 얻는 '무언가'가 있을 것이고 그것이 나만의 경쟁력이 될 거라 믿었던 그때의 이야기. 간절함도 그중 하나였다. 여러 건의 과외 아르바이트로 공부할 시간이 부족했을 때 10분, 30분 단위로 시간을 쪼개서 관리했다. 물 샐 틈 없이 시간을 관리하고 공부에 집중하는 방법밖에 없었다. 간절함이 낳은 '불리할수록 더 집중하고 노력하는 것'은 오늘날 나를 있게 한 경쟁력이 되었다. 나의 경험이 좋지 않은 환경 속에서 묵묵히 꿈을 향해 나아가는 이들에게 희망의 불씨가 될 수 있다면 정말 기쁘겠다.

이제부터 나의 이야기를 시작하려 한다. 꿈 하나로 고난과 맞서 싸우는 삶을 보게 될 것이다. 트라우마, 불우했던 환경, 우울증과 공황장애 등 끊이지 않는 고난 속에서 꿈을 지켜 내는 모습을. 나의 경험을 통해 삶에 의욕을 잃었거나 마음의 병으로 어려움을 겪는 이들과 가족이 살아갈 힘과 용기를 얻으면 좋겠다. 우리가 살아가고 있는 삶이 소중하다는 것, 살아 있는 한 희망은 존재한다는 사실을 기억해 내면 좋겠다.

끝으로, 책이 나오게 도와주신 도서출판 담다 김수영 대표님과 하늘에 계신 아버지, 영원한 멘토 어머니에게 감사의 인사를 드린다. 힘이 되어 준 성기홍, 박상현, 현영복, 공병설, 정호윤 선배를 비롯해 연합뉴스·연합뉴스TV 선후배들에게 감사하다. 친구 도경희, 임연정, 이설, 독고지혜, 정화경에게 고맙다. 취재에 응해 준 환자분들에게 이 자리를 빌려 다시 한번 고개 숙여 감사드린다.

2023년 4월 '감방'(감성 돋는 내 방)에서

김지수

목차

3,923일의 생존 기록

part 1

보건의료 전문기자입니다

오늘 출근길도 풀메이크업에 비닐봉지 OK

여름밤, 경기도 한 대학병원 응급실로 젊은 여성이 실려 온다. 의료진이 달려간다.

"환자분! 성폭행당했나요?"
"…"
"말씀하세요. 성폭행인가요?"
"…"
"괜찮습니다. 말씀하셔야 해요. 성폭행입니까?"
"…"

원피스가 허벅지까지 올라와 있다. 다리에는 긁힌 자국이 있고 샌들 한쪽은 벗겨졌다. 어떤 말도 하지 못하는 그녀에게 의료진은 성폭행이냐고 재차 물었다. 그녀의 어머니는 성폭행당한 게 아니라며 공황장애가 있긴 한데 이렇게 심하게 온 적은 없었다고 말했다. 정신과 전문의가 뛰어왔다. 진정제를 복용시킨 뒤 복식호흡을 하게 도와줬다. 함께 숨을 쉬어 보자며 그녀의 손을 잡았다.

그녀는 '나'다. 나는 좀처럼 움직여지지 않는 몸으로 있는 힘껏 호흡했다. 의사가 구령을 붙였다. 하나, 둘, 하나, 둘…. 숨이 쉬어졌다. 얼굴은 마취가 풀린 듯 부드러워졌다. 입안도 편해졌다. 목뒤로 넘어간 것 같던 혀도 제 위치를 찾은 듯했다.

'이제 말을 할 수 있을 거야.'
나는 용기를 냈다.
"감사해요."
"이제 말씀을 하시네요. 환자분이 이겨 냈어요. 저도 감사합니다."

2015년 8월, 공황 발작을 처음 겪었다. 공황 발작이 나타난 건 지인들이 나의 퇴원 기념 파티를 열어 준 날이었다. 그들은 우울증이 재발해 위축됐던 나를 위로해 줬다. 고마움에 가슴이 벅차오르는 무렵 현기증을 느꼈다. 조짐이 심상치 않다는 걸 감지했다. 집으로 향하는 택시 안에서 일어난 공황 발작은 가혹했다. 그전까지는 숨 가쁨과 현기증만 나타났을 뿐 심각한 증상은 없었다. 이날은 호흡 곤란에 온몸이 마비되는 것 같은 증상까지 나타났다. 택시에서 내려 집에 전화했지만, 입에서 어떤 소리도 나오지 않았다. 몸도 경직됐다. 몸이 움직여지지 않아 몇 미터를 기어갔다. 샌들 끈이 떨어지고 땅바닥을 짚은 손바닥과 다리는 심하게 긁혔다. 어머니는 뭔가를 직감하고 달려 나오셨다. "엄마"라고 불러도 소리가 나오지 않았다. 정신과 신체가 따로 노는 것 같았다. 119 구급대가 도착했고 내 몸은 구급차로 옮겨졌다. 구급대원은 대화를 시도하다가 포기했다. 구급차는 근처 대학병원 응급실로 향했다.

며칠 뒤 주치의 교수에게 그날의 일을 말했다. 주치의는 기막힌 이야기를 들려줬다. 나의 경우에는 즐거운 감정도 조심해야 하며, 감정이 극단으로 치닫지 않도록 주의해야 한다고 했다. 우울증과 공황장애를 겪고 있으니 어떤 감정에도 휩쓸리지 말아야 한다고 당부했다. 그 후부터는 매사 조심했다. 공황 발작이 나타날까 두려웠기 때문이었다. 기쁨 같은 긍정적인 감정 앞에서도 '브레이크'를 걸었다. 화가 나거나 슬픈 감정이 생길 때 격해지지 않도록 주의했다. 누군가와 의견 충돌로 화가 치밀어 오르면 좀 더 생각해 보고 이야기하자며 상황을 피했다. 나까지 화내지 않도록 조심했다. 슬픈 감정이 들 때는 신중했다. 상황을 객관적으로 보는 데 집중했다. 왜 슬픈지, 슬퍼할 만한 일인지, 이 슬픔에 어떻게 대응해야 하는지를 기록했다. 기사를 작성하듯이 팩트(fact)로 정리했는데, 도움이 됐다.

나는 영화와 드라마에 나오는 슬프거나 잔인한 장면을 보질 못한다. 뉴스에서조차 끔찍하고 슬픈 내용이 나오면 바로 채널을 돌려 버린다. 이런 장면이나 이야기에 노출되면 몸과 마음이 굉장히 힘들어진다. 이런 연장선상일까. 트라우마가 된 너무 아픈 과거를 기억하지 못한다. 과거가 떠오르지 않는 건 고통을 피하려고 마련한 자구책 때문인 것 같다. 자구책은 감당하기 힘든 기억을, 한 번 닫으면 열 수 없는 '상자'에 넣은 후 못질을 하는 방식이었다. 이것도 같은 맥락일 수 있는데, 노력해도 해결되지 않는 문제들은 '생각의 서랍'에 넣어 둔다. '서랍'에 두었다가 여유가 생기면 꺼내 들여다본다. 책을 읽다가 덮어 두듯이. 모든 감정을 컨트롤할 수는 없지만, 한쪽으로 치우치지 않도록 스스로 '제어'하는 것이다. 나를 지키기 위해서.

내게 공황장애가 있다는 건 2012년 여름, 우울증을 진단받았을 때 알았다. 이후 내 가방은 커졌다. 비닐봉지, 진정제와 물통, 스콧 펙의 『아직도 가야 할 길』을 챙겨야 했기 때문이다. 공황장애는 한여름 소나기 같다. 막 몰아치다가 언제 그랬냐는 듯 멀쩡해진다. 내게 큰 소동이 벌어졌는데, 주변은 아무 일도 없었다는 듯. 그 쓸쓸함이 지독할 때 『아직도 가야 할 길』을 펼친다. 그럴 때 "삶은 고해(苦海)다"라는 첫 문장만으로도 위안이 된다. 나에게는 꼭 챙겨야 하는 상비약과 같다.

퇴근길에 주로 발생했다. 근무 시간에는 행여나 증상이 나타날까 봐 긴장 상태로 근무하다가 일을 마치고 집으로 가는 길에 긴장이 풀리면서 나타났다. 공황장애가 오면 어떤 방어도 하지 못하고 무너진다. 지하철 역사든 전철 안이든 길바닥이든 주저앉는다. 숨 막히는 증상을 가라앉히기 위해 비닐봉지를 입에 대고 분다. 코로 숨을 들이마신 뒤 입으로 숨을 봉지 속으로 내쉰다. 하나, 둘, 하나, 둘…. 봉지가 부풀다가 쪼그라들고 다시 부풀다가 줄어든다. 호흡에 집중하는 동안 주변은 보이지 않는다. 이상하다는 듯 쳐다보고 신기하다는 듯 촬영하는 이들도 신경 쓰이지 않는다. 대체로 도와주겠다는 사람이 훨씬 많았다. 119를 불러 주겠다는 청년도 있었고, 병원까지 데려다주겠다는 아주머니도 있었다. 가끔 내 병을 알아보는 사람도 만났다.

"공황장애죠? 우리 딸도 공황장애예요. 약 있지요? 약 먹어요."

다만, 매일 진행하는 생방송 때문에 풀메이컵에 정장 차림으로 다니는 게 난감할 뿐이었다. 단정해 보이는 외양으로 쪼그려 앉아 바스락거리는 비닐봉지를 입에 대고 불면 사람들 시선이 모이게 돼 있으니.

"젊디젊은 년이 저 꼴을 하고, 쯧쯧쯧…. 초저녁부터 술을 처먹었으면 집구석에 박혀 있지. 망할 년!"

어떤 노인은 내가 술을 먹고 토하는 줄 알고 험한 말을 퍼붓기도 했다. 괜찮다. 살고 죽는 문제, 당장 숨이 쉬어지지 않는 상황에서 누가 와서 머리채를 잡는다고 해도 문제 되지 않는다. 오직 내가 호흡에 집중하는 것만 느낄 뿐이다. 상상했다. 풍선을 불고 있는 것이라고. 검정 비닐봉지가 아닌 하늘색 풍선이라고, 이걸 다 불면 괜찮아질 거라고. 이렇게 자신에게 주문을 걸고 신께 도와 달라고 기도하며 호흡에 신경 쓰다 보면 언제 그랬냐는 듯 멀쩡해진다. 아무 일도 없었던 것처럼.

정상적으로 호흡하기까지, 그 시간은 외롭다. 누구도 나를 도와줄 수 없고 고통을 이해할 수 없다는 사실 때문에. '언제 멈출까, 안 멈추면 어쩌지, 공황 발작으로 이어지진 않겠지?' 두려움과 공포가 싫었고 혼자 견뎌 내야 한다는 외로움도 지겨웠다. 병원에서도 의료진이 진정제를 투여하고 정서적으로 지지해 줄 수 있지만, 증상을 가라앉히는 건 나한테 달렸다. 보이지 않는 적과 싸워 이겨야만 했다.

비닐봉지를 잘 버리지 못한다. 가방에도 회사 서랍에도 재킷 호주머니에도 넣어 둔다. 가방을 정리할 때 비닐봉지를 꺼내 불어 본다. 구겨졌거나 탄력이 떨어졌으면 새것으로 바꾼다. 편의점에서 구매하는 가장 작은 사이즈 봉지가 제격이다. 반듯하게 접은 봉지 두 개를 꺼내기 쉬운 곳에 넣는다. 하나 더 챙기는 건 혹시 찢어질까 하는 염려 때문이다. 봉지를 챙기는 일은 내 삶을 지키기 위한 일종의 '의식'이다.

정신과 병동으로 휴가 가는 기자

여행용 캐리어에 짐을 싸는데도 가슴이 뛰지 않는다. 티셔츠 몇 벌과 속옷을 넣고 상비약과 화장품도 챙긴다. 수첩도 집어넣지만, 자칫 '위험'(?)할 수 있는 볼펜은 넣지 않는다. 지갑에 공중전화 카드도 챙겨 넣는다.

짐을 싸서 향한 곳은 공항도 터미널도 아니다. 서울 시내 한 대학병원의 정신건강의학과 병동이다. 2012년 여름, 중증 우울증과 공황장애로 처음 입원한 이후 세 번 더 입원했다. 모두 네 번, 3년에 한 번꼴로 입원한 셈이다. 입원 기간은 2주일 정도였다. 첫 입원 이후 석 달에 한 번씩 외래 진료를 받으며 잘 생활하다가도 주기적으로 통제할 수 없는 우울함이 나를 집어삼키려 했다. 다행스러운 건 '전조 증상'을 알아차리고 자발적으로 입원했다는 사실이다.

첫 입원일은 2012년 8월의 마지막 월요일이었다. 이른 아침 지하철에서 낯선 사람들의 일상이 나를 흔들었다. 졸거나 메신저로 대화를 나누거나 무언가를 시청하는 사람들. 그들은 나와는 달랐다. 그때 나는 죽음을 생각하고 있었다. 그 생각을 멈춰야 하는데 되질 않았다. 오히려 점점 더 커질 뿐이었다. 내 마음이 소리쳤다. 빨리 정신 차리라고. 이게 정상이냐고. 입원해 치료받으면 일상으로 돌아갈 수 있다고. 회사에 전화해 연가를 내겠다고 말했다. 병원에 도착해 진료를 담당할 주치의 교수와 만났다.

"입원해서 푹 쉬면 좋아지실 겁니다. 다른 분들도 다 그랬습니다. 용기 내 주셔서 고맙습니다. 같이 이겨 냅시다."

주치의는 첫 진료에서도 따뜻하게 대해 줬다. 그녀를 보니 마음에 걸리는 게 떠올랐다. 그녀의 동료 교수들과 병동에서 마주치면 어떡하나 걱정됐다. 보건의료 분야를 취재해 왔기에 이 병원 정신과 교수 대부분과 아는 사이였다. 하지만 이 생각도 잠시, 죽음이라는 생각에서 빨리 벗어나고 싶은 마음뿐이었다.

병원 본관에서 병동이 있는 별관까지 가는 길은 낯설고 쓸쓸했다. 별관으로 들어서자 이 건물에 교수 연구실이 있다는 게 생각났다. 인터뷰 때문에 온 적이 있는데, 정신과 병동이 있는 줄은 몰랐다. 마음을 다쳐 버틸 힘이 바닥나 스러지기 직전 상태에 있는 사람들이 찾는 곳. 병동 입구에서 소지품 검사를 한 후 병동으로 들어섰다.

'사회와 완전히 차단된다. 이제 날 괴롭히는 건 없어.'

첫 번째 입원을 포함해 네 번 모두 개방 병동에 입원했다. 정신과 병동은 보호 병동과 개방 병동으로 나뉜다. 개방 병동에는 자해 및 타해 위험이 낮고 증상이 심하지 않은 환자들이 생활한다. 몇 가지만 빼면 일반 병동과 다를 것 없다. 휴대전화 반입이 불가하고, 면회는 직계가족 외에 허용되지 않으며, 환자 안전을 위해 소지품 검사를 받는다는 점이 다를 뿐이다.

환자복과 소지품, 입원 생활 설명문을 품에 안고 향한 곳은 4인실 병실이었다. 네 명의 환자 이름을 확인했다. '나만 30대, 두 명은 20대, 한 명은 40대구나.' 문을 열었다. 병실 모습도 일반 병동 병실과 같았다. 다만, 병상 사이를 구분 짓는 커튼과 링거 주사를 매다는 폴대가 없을 뿐이었다. 세면대 위 거울이 스테인리스 재질인 것도 신기했다. 깨질 위험이 전혀 없는 안전한 재질로 만들어진 것이다. 볼펜 반입을 제한하는 것도 같은 이유에서라는 걸 짐작할 수 있었다. 심이 뾰족한 볼펜은 자해나 타해 위험이 있는 환자에게는 위험할 수 있기 때문이다.

병동에서 나를 담당하는 레지던트 선생님과 면담했다. 이곳은 스트레스를 많이 받은 사람들이 쉬었다가 가는 곳이라며 다들 좋아져서 퇴원한다고 했다. 쉬면서 잘 맞는 약을 찾아보자고 했다. 주치의 교수도 레지던트 선생님도 휴식을 강조했다. 하지만 나는 그런 얘기가 귀에 들어오지 않았다. 같은 병실을 쓰는 세 명은 어떨지, 그게 걱정이었다.

'조현병 환자를 인터뷰한 적이 있었지. 그 환자는 괜찮았는데 약을 끊으면서 환청이 다시 들렸다고 그랬어. 약만 제대로 먹으면 괜찮다고 했는데. 여기에도 조현병 환자가 있을까. 우울증 환자도 있겠지.

먼저 인사해야 하나. 직업이 뭐냐고 물어보면 기자라고 말해야 하는 건가. 혹시 내 얼굴을 알아보는 건 아니겠지. 히스테리를 부리면 어떡하지. 공격적으로 나오면 어떻게 대해야 하나.'

문 여는 소리가 들렸다.

'그들이다!'

젊은 여성들이 떠드는 소리가 들리더니 한 명씩 들어왔다. 세 명 모두 평범했다. 그들도 나를 보자 조용해졌다. 병동에서는 환자들의 취미 활동을 위한 프로그램이 운영되는데, 그곳에 다녀오는 길이었다. 잠시 침묵이 흘렀고 20대로 보이는 A가 다가왔다.

"오늘 처음 오셨어요?"
"네."

나머지 두 명은 각자 자기 침대 위로 올라가 앉았다. A가 계속 물었다.

"혹시 우울(우울증 환자)이세요?"
"네. 우울증요."
"여기 우울이 많아요. 저도 우울이라고 하는데 사실은 불안이 더 심해요."

"네."

A의 말이 끝나기도 전에 짧은 커트 머리에 작고 다부진 체구를 가진 B가 끼어들었다. B는 외화에 나오는 소년 같았다. 눈, 코, 입, 얼굴형 모두 동글동글한 B는 '살벌한' 이야기를 시작했다.

"저는 교통사고를 당했어요. 같이 탄 사람들이 다 죽고 저만 살았어요. 불안해서 살 수가 없어요. 저는 A처럼 우울하진 않아요. 그냥 자꾸 그날이 떠올라요. 잠도 못 자고 무서워요. 심장이 벌렁벌렁해요. 왜 저만 살았을까요? 다 죽었는데, 왜 저만 살았을까요? 언니는 교통사고 당한 적 있어요?"

B는 어느새 내 앞에 와 있었다. 나 보고 언니라고 했다. B는 40대 초반에 부잣집 막내딸이었고 직업은 없었다. 교통사고 당한 걸 말할 때만 빼면 유쾌하고 따뜻한 사람이었다. B는 사고 당시 상황을 세밀하게 얘기했다. 처음 본 사람에게 어떻게 다 털어놓을 수 있을까 신기하게 바라보고 있는데, 어디선가 '불편한' 질문이 들려왔다.

"언니, 혹시 제 물건 만지셨어요?"
'이건 또 무슨 상황이야? 얘는 또 뭐야?'
한국어에 성조가 없다지만 어떻게 균일한 톤으로 감정 없이 말할 수 있을까. 희한했던 목소리. 자기 물건을 만졌냐고 묻는 그녀는 '불안의 여왕' C였다. 내가 축지법을 쓰는 것도 아니고 A와 B에 둘러싸여 이야기하고 있는데, 어떻게 맞은편에 있는 C의 물건을 만질 수 있을까. 아주 황당했다.

"언니, 말씀해 주세요. 제 물건 만지셨어요?"
C가 또 물었다. 무서웠다.
'이건 뭐지? 무슨 병인 거야? 미친 건가? 미쳤으면 개방 병동에 있을 수 없어. 시비를 거는 걸까? 내가 맘에 안 든다는 건가? 이상해.'
나는 당황한 기색을 감출 수 없었다. B가 C를 제지했다.

"아, 얘 또 시작이네. 우리랑 있는데 어떻게 네 물건을 만져. 너 알고 있잖아. 저 언니가 만지지 않은 거."
"그래도 말씀해 주세요. 언니."
C는 집요하게 요구했다. B가 내게 단호하게 말했다.

"답하지 마세요. 쟤 알면서도 그러는 거예요. 의사들이 답해 주지 말라고 했어요. 계속 물을 거예요. 쟤는 본인 물건을 아무도 못 만지게 해요. 본인 곁에 오지도 못하게 하고요. 자기 주치의 교수만 오게 해요. 레지던트도 간호사도 못 오게 해요. 사람 차별해요."

C가 불안해하기 시작했다. 왔다 갔다 앉았다 일어났다 반복했다. 불안해서 그러는 거 같은데 어딘가 어색하고 '코믹 댄스'를 추는 것 같았다.

"저는 안 만졌으니 걱정하지 마세요."
"감사합니다."

C의 음성은 인간적이지 않았지만 고마워한다는 진심은 느낄 수 있었다.
'도대체 무슨 일이 있었길래 저렇게 됐을까?' 20대 중반의 C는 불안장애가 심각해 몇 번이나 입원했다고 한다. 직장을 다닐 수 없을 정도로 심했고 집 안에서도 자신이 머무는 공간에서만 맴돌았다고 한다. 가족도 그녀 근처에 갈 수가 없었다.

병실에서 어떤 증세도 보이지 않던 A는 초등학교 영어 강사였다가 얼마 전 그만뒀다. 가끔 혼자 우는 것 외에 특이한 건 없었다. 그녀는 몇 달 전부터 업무를 준비하는 과정에서 본인이 이상하다는 걸 느꼈다고 했다. 출근하면 컴퓨터 전원 버튼을 켜고 끄는 걸 반복했다고 한다. 몇 분간 그러던 게 몇십 분으로 늘어났고 일을 할 수 없을 지경에 이르렀다. 불안장애를 겪게 된 데는 어머니에게 받은 스트레스 영향이 컸다고 의료진은 추정했다. 어머니는 학창 시절, 자신보다 공부를 잘했던 언니와 A를 노골적으로 비교했고 직장을 얻은 후에도 그랬다고 한다.

이들과 함께 있은 지 몇 시간 되지 않았는데 우리는 자신의 증상이 어떻고 왜 여기까지 오게 됐는지 이야기했다. 그 사이 저녁밥 식판이 각자 자리에 놓였고 간호사가 저녁 약을 가져와 복용하는 걸 확인했다. 이후에도 대화가 이어졌다.

"저 언니 환자복 입었는데도 카리스마가 느껴졌어. 기자라 다르다고 생각했지. 근데 나 기자 처음 봐. 여기서 기자를 보게 될 줄이야. 그 것도 TV에 나오는 기자를."

B는 내가 다른 사람 이야기를 들을 때 집중하는 눈빛이 멋지다며 전혀 아픈 사람 같지 않다고 했다. 나는 B의 첫인상을 말해 줬다.

"언니도 아픈 사람 같지 않아요. 난 언니가 씩씩하고 멀쩡해서 간병 인인 줄 알았어요. 문 열고 들어올 때 카디건 입은 것만 보이길래 간 병인이라고 생각했어요. 그런데 바지가 환자복이더라고요. 순간 너 무 웃겼어요. 하하하."

그러자 B의 눈빛이 또다시 변하기 시작했다.
"교통사고 생각만 안 나면 진짜 좋겠어요. 근데 왜 나만 살았지? 언 니는 기자니까 우리보다 똑똑할 거 아냐. 말해 봐요. 왜 나만 살았 어요?"
그녀와의 대화는 항상 사고 이야기로 귀결된다. A가 내게 재빨리 질 문하며 대화를 다른 쪽으로 유도했다.

"언니, 의사가 그런 질문하지 말라고 했잖아요. 근데 지수 언니, 언 니는 어쩌다가 우울증에 걸린 거예요?"

"난 다 귀찮아졌어. 무기력하고. 그냥 온종일 자고 싶었어. 아무것도 안 하면서. 깨지 않는 잠, 영원히 쉬고 싶었어. 그게 죽음이더라고. 무서운 건 죽고 싶다는 생각이 멈추지 않는다는 거야. 계속 빠져들 었어. 귀신한테 홀린 것처럼. 내가 이뤄 낸 것들도 아무 의미 없다고 느껴지고. 죽고 싶다는 생각을 내가 실행할까 봐 두려웠어. 다행인 건 이성이 마비되지는 않았다는 거야. 안전한 곳은 여기뿐이더라고. 그래서 입원했어. 살고 싶은 마음이 끝까지 남았었나 봐. 그 마음이 죽고 싶다는 생각을 이긴 거지."

나는 말을 이어갔다.

"아까 주치의 교수가 그러더라. 너무 열심히 살아서 그렇다네. 나 자 신이 망가지는지도 모르고 몇십 년 참고 견뎠던 게 폭발한 거래. 하 루를 10분, 30분 단위로 쪼개며 관리했어. 몇 분이라도 시간을 허 비하는 걸 허용하지 못했어. 이게 정상은 아니잖아."
분위기가 무거워졌다.
"근데 나 오늘 너무 무서웠어. 개방 병동이라 괜찮을 거라고 생각 하면서도 예민하고 히스테리 부리는 사람들이 있으면 어떡하나 그 랬어."
"언니가 처음이라 그래요."

C가 웬일로 대화에 끼어들었다.

"언니, 여기 다 똑같아요. 저도 처음에 무서웠어요. 그래서 사람들 이랑 어떤 말도 안 해야지 결심하는데 또 금방 친해지고 그래요."

A도 맞장구쳤다.

"처음에는 다들 경계해요. 그러다가 몇 마디 해 보면 이 사람들도 나랑 다른 게 없구나. 다 똑같구나. 경계했던 게 미안해서 더 잘 대 해 주고 챙겨 주게 되더라고요. 아픈 사람 마음, 아픈 사람이 안다 잖아요. 언니 자리 썼다가 어제 퇴원한 언니도 연락처 주고 갔어요. 다 퇴원하고 만나기로 약속했고요."

B가 눈을 동그랗게 뜨고 신이 난 듯 이야기했다.

"기자 언니, 여기 잘 나가는 사람도 많이 와요. 저쪽 남자 병실에 삐 쩍 마르고 안경 쓴 할배 있는데 의사들을 혼내더라고요. 레지던트를 혼내는 것도 아니고 교수들을 깨는 거야. 교수들이 회진만 가면 완 전히 박살 나. 몇 년 전까지 의대 교수였대요. 그 양반도 우울증 때 문에 자주 들락날락한대요. 치매 초기라는 말도 있고요. 여기 피아 니스트도 있어요. 남자애인데 걔는 조현병이래요. 약을 중간에 안 먹어서 들어왔다고 하더라고요. 가끔 저쪽 방에서 피아노 치는데 이 건 뭐 연주회 수준이에요. 웃긴 건 걔가 피아노 칠 때 보면 눈빛이 완전 가 있다는 거야. 그런데도 멋있어요. 우리 옆방에 키 큰 언니는 대학병원 간호사래요. 이 병원 간호사 같아요. 여기 간호사들이랑 반말로 얘기하더라고요. 불면이 너무 심해서 여기 들어온 김에 약을 다 바꿀 거라고 의사가 하는 소리 들었어요. 우리 방도 나쁘지 않아요. 여기 강남에서 영어 강사 하던 A도 있고, TV에 나오는 기자 언니도 있고, 우리 '불안의 여왕' C는 직업이 뭔지는 모르지만 가방끈 길어 보이고, 난 퇴원하면 언니가 헬스장 하나 차려 준대. 우리 언니가 진짜 돈이 많거든. 언니가 자식이 없으니까 하나밖에 없는 이 동생한테 올인하는 거지."

C가 나를 불렀다.

"지수 언니, 입원하길 잘했죠? 우리도 만나고요. 그런데 언니, 제 물건 안 만지셨죠?"

C만 빼고 우리 세 명은 또 한 번 크게 웃었다.

"돈 주고도 경험할 수 없는 거야. 와, 이런 또라이, 상 또라이가 있다는 거 누가 아냐고! A도 나도 여기 몇 주 있었지만 C가 저러는 거 진짜 적응 안 돼."

네 명 중 A가 먼저 퇴원했고 B, C가 떠났다. 병상은 곧바로 채워졌다. 우리 넷이 함께한 날은 일주일 남짓, 그 시간은 우울과 불안, 공황 등의 모습으로 나타난 저마다의 상처가 아물 수 있게 도와줬다. 물론, 안온한 시간만 있었던 건 아니다. 각자 날이 선 상태로 침묵만 흐르는 날도 있었다. 내가 그들과 대화하지 못할 때는 맞는 약을 찾기 위해 여러 약을 먹었을 때다. 심한 피로감에 손가락 하나 움직일 수 없는 상태였다. 이럴 때 C의 계속되는 질문은 '무례함'을 넘어 '폭력'이었다.

"언니, 제 물건 안 만지셨죠?"
"언니, 제 물건 안 만지셨죠? 대답해 주세요."

나는 생수병을 집어던졌다. 500ml 생수병이 바닥으로 떨어지면서 둔탁한 소리를 냈다. 그 소리는 C에게 '위협'으로 느껴졌을 것이다. 하지만 나로서는 '배려'였다. 그만 물어봐 달라는 공손한 말 따위는 할 수 없는 상태에서 어떤 험한 말이 나올지 몰랐다. 제발 닥치라고 말하고 싶었지만, C에게 상처 주기 싫어 생수병을 택한 것이다. 어떤 대화를 하더라도 마지막에는 "왜 저만 살았을까요? 다 죽었는데 왜 저만 살 수 있었죠?"라고 말하는 B가 미웠다. '내가 그 이유를 알면 여기 있겠냐?'라며 소리 지르고 싶었지만 참았다.

'난 쉬러 왔는데, 얘네 진짜 사이코 아냐?'

열받을 때 이곳에서 할 수 있는 건 자는 것이었다. 잠시 잠들었다가 깼는데 누군가의 뒷모습이 눈에 들어왔다. 안절부절 어쩔 줄 모르는 C가 위태로워 보였다.

'나 지금 많이 불안해요.'

아까 C가 본인 물건 만졌냐고 계속 물어봤을 때 대답하지 않은 걸 후회했다. C가 저 정도로 불안해하는 건 처음이었다. 내가 답해 주지 않아서 그런 거 같았다. C도 최대한 참다가 물어본 것일 수 있다는 생각이 들었다. 나와 C의 증상은 달랐지만, 꼭 나를 보는 것만 같았다.

'저건 내 모습일지도 몰라.'

B가 궁금했다. 멍한 표정으로 앉아 있었다. 교통사고를 생각하는 것 같았다. 또 자신에게 묻고 있겠지. 왜 자신만 살았냐고. 문 여는 소리가 났다. A가 무언가를 놓고 가는 것 같다. 딸기우유였다. '외출 나갔을 때 사 왔네. 먹고 싶다고 했더니 기어이 사 왔어.'

A와 B는 연락처를 주고 갔고 C는 내 명함만 받아 갔다. A는 주치의 조언대로 당분간 어머니와 떨어져 지내면서 자신의 상태를 관찰하기로 했다. 어머니도 의사와 상담받기 시작했다. 그녀의 어머니에게 변화가 감지된 것이다. 어느 날, A의 어머니가 김치를 담가 왔다며 내게 건넸다. A를 향한 모정일 것이다.

B로부터 전화가 걸려 온 적이 있었다. 통화는 유쾌했는데, B에게 생각하지도 못한 말을 들었다. "근데 언니, 왜 저만 살았을까요? 다 죽

었는데 왜 저만 살 수 있었죠?" 아무 말도 하지 못했고, 바로 통화 종료 버튼을 눌렀다. 그 뒤 몇 번 더 전화가 왔지만 받을 수가 없었다. B가 다른 병원에 입원했다는 소식을 들었을 때 나 때문인 것만 같았다. '그때 내가 전화를 받고 B가 교통사고 얘기를 했을 때 그냥 잘 달랬다면 어땠을까.' 미안함이 컸다.

C로부터는 어떤 연락도 없었다. 가장 많이 생각나고 마음에 걸리는 사람은 C였다. C의 입에서 시도 때도 없이 튀어나오는 똑같은 질문, C는 화재 현장에서 구조될 때도 구조대원에게 물어볼 것 같다. 본인 물건 만졌냐고.

우리 넷은 퇴원 후 분기별로 병원 근처 레스토랑에서 만나기로 약속했다. 다시 입원 같은 건 하지 말자고 다짐도 했다. 약속은 한 번도 지켜지지 않았다. 나는 그 병동에 세 번 더 입원했고 우리가 함께 지내던 병실을 배정받을 때도 있었다.

'나 여기 다시 왔지만 그래도 잘살고 있어. 잘 쉬다 나갈게. 언니야, 동생들아, 모두 잘 지내야 해. 정말 고마웠어.'

그녀에게만 들리는 소리, "똑바로 해"

"아빠 간다. 빨리 퇴원해야지. 언제까지 여기 있을 거야?"

2015년 여름, 내 휴가지는 정신과 병동이었다. 우울증 재발로 3년 만에 다시 입원했다. 복도에 있는 책장에서 책을 고르고 있는데, 중년 남성의 고압적인 목소리가 들렸다. 그는 병실에서 나와 출입구 쪽으로 걸어갔고, 딸로 보이는 젊은 여성이 슬리퍼를 끌고 뒤따라갔다. 질질…. 뽀얀 피부에 까만 생머리 때문인지 환자복을 입었는데도 단정해 보였다. 다만, 성인이 슬리퍼를 저렇게 끌고 다닐 수 있나 이해할 수 없었다. 부녀 사이가 맞는데 상사와 직원 같기도 했다. 거리를 두며 걷는 모습도 이상했다.

그녀는 나와 같은 병실, 내 옆자리에 있는 사람이었다. 진짜 이상한 건 따로 있었다. 온종일 같은 자세로 있는 것이다. 미술 시간에 봤던 석고상처럼. 하얀 석고상에 가발을 씌우고 환자복을 입히면 저 모습일 거라는 생각이 들었다. 그녀의 자세가 특별했다. 침대에 기대고 앉아 무릎을 세운 상태에서 두 손으로 양쪽 귀를 막고 있었다. 가끔 고개를 좌우로 흔들었다. 무언가를 부정하는 것처럼. 듣기 끔찍한데 자꾸만 들려서 귀를 막는 것처럼.

그녀의 제스처는 뭉크의 〈절규〉를 떠올리게 했다. 에드바르 뭉크가 그린 〈절규〉라는 작품 속 인물은 비명을 지르고 있다. 두 손으로 귀를 포함한 얼굴 측면을 감싼 채 비명을 지른다. 뭉크는 깊은 좌절감에 빠진 사람을 극적으로 표현하기 위해 형태를 왜곡했다고 한다. 그녀는 소리를 지르지 않을 뿐이지 부동(不動)의 자세와 침묵으로 절규했다. 작은 입을 다문 채 어떤 소리도 내지 않았지만, 울부짖었다. 절규했다. 살려 달라고. 내 귀에는 그리 들렸다.

미국에서 명문대를 졸업한 그녀는 전문직에 종사하는 20대 엘리트였다. 독한 약 때문에 지친 모습을 빼고는 아파 보이지 않았다. 듣기 싫은 저 소리가 들려서 여기 있는 것 같은데, 무슨 소리일까 궁금했다. 사람 목소리일까 아니면 음향 같은 건가?

"뭐 하나 물어봐도 될까요?"
그녀는 힘없이 고개를 끄덕였다.

"무슨 소리가 들리는 거예요?"
"네."
"귀를 막고 있어서 궁금했어요. 무슨 소리가 들려요?"
"자꾸만 '똑바로 하라'고 해요."
"'똑바로 하라'고 한다고요? 누가요?"
"몰라요. 똑바로 하래요. 너무 힘들어요."

그녀를 괴롭히는 소리는 네 음절, '똑바로 해!' 어릴 때부터 이 소리를 듣게 됐다고 한다. 환청에 시달린 건데, 충격적인 건 누구에게나 이 소리가 들리는 줄 알았다는 것이다. 모든 사람이 자신처럼 그 소리를 듣는 줄 알았다가 자신에게만 들리는 환청이라는 사실을 알게 됐을 때 충격이 얼마나 컸을까. 그녀는 '똑바로 해!'라는 소리를 날마다, 보이지 않는 상대에게 듣고 있었다.

그녀는 조현병을 앓고 있었다. 이 사실을 아는 사람은 가족과 의료진이 전부다. 학창 시절 우등생이었고 부모에게는 착하고 자랑스러운 딸이었다. 그런 그녀가 마음에 탈이 나게 된 건 권위적인 아버지의 훈육에서 오는 스트레스 때문이었다고 의료진은 추정했다. 집안에서 아버지의 말은 법이었다. 비민주적인 집안 분위기가 어릴 때부터 스트레스로 작용했고, 그 결과 보이지 않는 상대로부터 '똑바로 해'라는 소리를 듣게 됐다는 것이다.

"자꾸 그 소리가 들려?"
"네, 똑바로 하라고 해요."
"그 소리, 너한테만 들리는 거 알지?"
"저도 알아요. 너무 힘들어요."

그녀의 고통을 지켜보면서 그녀 아버지를 향한 나의 반감이 커졌다. 그 또한 나를 경계했다. 내가 그녀와 가까이 지내는 걸 눈치챈 그는 딸에게 접근하지 말 것을 경고하는 눈빛을 보냈다. 그는 딸이 입원했는데도 심리적으로 조종하려고 했다. 면회 와서도 '가스라이팅'(

심리적 지배)은 여전했고, 딸이 자신 때문에 마음의 병을 깊이 앓고 있다는 사실을 인정하지 않았다. 장기간 입원 치료가 필요한데도 의료진에게 빨리 퇴원시켜 달라고 한 그였다. 궤변을 늘어놓는 그를 보며 의료진의 한숨 소리도 깊어졌다. 그녀는 잠자거나 밥을 먹거나 의사와 면담할 때 아버지가 왔을 때만 빼고 온종일 그 자세였다. 박제된 동물처럼 꼼짝없이 그 모습으로 자리를 지켰다.

"언니, 아빠가 원하는 대로 살기 싫어요."

처음으로 그녀가 말을 걸었다. 그녀의 음성이 들리기 전 무언가 부러지는 소리가 났다. 두두둑 두두둑. 관절이 부딪힐 때 나는 소리였다. 그녀가 귀를 감싸던 두 손을 내리고 온종일 세우고 있던 무릎을 폈다. 경직된 몸이 이완되듯 얼어붙은 그녀의 마음이 풀리려는 것일까.

그녀의 말은 내가 아니라 아버지를 향하는 것 같았다. 아버지의 그림자처럼 살아온 그녀가, 알게 된 지 얼마 되지 않은 내게 할 수 없었던 말이다. 누군가에게 털어놓고 싶었을 것이다. 주치의 교수, 레지던트 선생님과 면담에서 말할 수도 있겠지만, 말이 옮겨질까 두려웠을 수도 있다. 그녀는 아버지 때문에 병을 겪게 된 사실을 인정했다. 그녀에게 아버지는 절대적인 존재, 옳고 그름을 판단하는 규율과 같은 존재로 아버지의 훈육 방식이 잘못됐음을 인정한다는 건 살아온 날을 부정하는 것일 수 있었다. 그러나 병을 고치려면 아버지에게 벗어나야 한다는 것도 잘 알고 있었다. 하지만 그녀는 힘들어 보였다.

"너 그 소리 듣기 싫지? 방법은 하나야. 아버지와 연을 끊어. 잠시라도 말이야. 너부터 살고 봐야지."

종일 귀를 틀어막고 괴로워하는 그녀에게 부녀의 인연을 끊으라고 했다. 나의 과격한 말에 그녀는 울음을 터뜨렸고 자신은 아버지에게서 벗어날 수 없다고 말했다. 그녀는 아기 새처럼 울었지만 나는 달래 주지 않았다. 그날 이후 내가 사과해야 하지 않을까 고민하다가도 조언해 준 거라고 단정 지었다. 그녀가 아버지와 분리된 상태에서 치료받는다면 효과가 클 것이며, 완치된 후에 만나는 게 좋을 것이라는 내 생각은 바뀌지 않았다.

퇴원하던 날, 나는 그녀에게 말을 건네지 못하고 있었다. 지난번 모질게 다그쳤던 일이 미안했고 먼저 퇴원하는 것도 마음에 걸렸다. 석고상처럼 앉아 있던 그녀가 내 쪽을 바라봤다. 그러더니 성큼성큼 다가왔다. 이때도 슬리퍼를 질질 끌었다.

"언니, 옷 이렇게 입으니까 예뻐요."
"그래? 너는 더 예쁠 거야. 나중에 같이 쇼핑도 하고 그러자."

나도 모르게 그녀의 머리카락을 쓰다듬고 있었다.

'눈동자도 까맣구나.'

바로 눈앞에서 본 그녀의 눈은 초점이 없었지만 깊었다. 내 눈에 눈물이 올라온 걸 보이기 싫어 재빨리 그녀를 안았다.

'많이 말랐네. 이런 몸을 하고서 독한 약을 어떻게 버텨.'

그녀의 아버지를 향한 야속함이 밀려왔다. 며칠 전 백화점에서 샀다며 샐러드와 체리 한 봉지를 그녀에게 주고 가던 그의 날카로운 눈빛과 고집스러운 입매가 떠올랐다.

"아빠 문제, 그냥 네 마음이 하라는 대로 해. 그게 답일 거야. 언제든 연락하고."

그녀의 하얀 손이 내 명함을 꼭 쥐었다. 그 손 위에 상처로 울퉁불퉁한 내 손이 포개졌다. 우리는 싱긋 웃었다. 몇 년이 흘렀고 그녀에게서 연락은 없었다. 가족 외에는 면회가 허락되지 않는 병동이어서 연락할 방법이 없었다. 길을 가다가도 그녀와 비슷하게 생긴 사람을 보면 다시 한번 쳐다봤다. 한동안 휴대전화에 낯선 번호가 뜨면 그녀일까 하는 마음에 전화를 받았다. 기억에서 희미해지다가도 슬리퍼 끄는 소리가 들리면 그녀가 떠오른다.

"나도 허그하고 싶어요"

누구에게서도 위로받지 못했을 때 지독한 절망에 빠졌을 때 '어린 왕자'를 만났다. 생텍쥐베리의 『어린 왕자』가 아닌, 같은 병동에 입원한 아주 병약한 '어린 왕자'. 많이 아프지만 먹을 때만큼은 '진심'인, 어떻게든 살아 보려고 애쓰던 '어린 왕자'가 있다. 나를 다시 살게 해 준 '어린 왕자' 이야기를 하려 한다.

핏기 하나 없이 창백한 얼굴은 지극히 평면적이다. 입체감이 느껴지는 곳이 있다면 광대뼈, 그렇다고 날카롭지는 않다. 안경 너머 보이는 눈은 초점이 없다. 가늘게 찢어진 눈이지만 힘이 빠져서인지 사나워 보이지 않는다. 적당한 높이의 코는 매끈하다. 피부는 하얗고 깨끗하다. 굳게 다문 연분홍빛 얇은 입술은 그의 피부색과 어울린다. 얇은 입술은 무슨 사연을 품은 듯 좀처럼 입을 열지 않을 것만 같다. 애잔함을 더하는 건 헤어스타일, 숱이 많은 새까만 머리카락은 균일한 밀도와 길이로 빡빡 깎여 있다. 몸집은 왜소하다. 펑퍼짐한 환자복을 걸쳤지만 가느다란 목덜미와 깊이 파인 쇄골에서 가냘픔을 감출 수가 없다.

정신건강의학과 병동에 세 번째 입원하던 날 복도에서 마주친 한 젊은 남자다. 몸무게를 재기 위해 스테이션 앞에 머물던 시간에 그를 스캔했다. 눈을 뗄 수 없었던 건 병약해 보이는 외모 때문만은 아니었다. 시선이 휠체어에 꽂혀 있는 '요상한' 물건에 쏠렸다. 링거 걸이용 쇠막대에 코팅된 책받침 비슷한 게 달려 있는데, 깃발 형태로 된 안내 표지판 같은 것이었다. 쓰여 있는 메시지가 충격적이다.

'이 환자를 만지지 마세요. 살짝만 스쳐도 심한 통증을 느낍니다.'

접근하지 말라는, 스치는 것조차 허용되지 않는, 적정 거리를 유지하라는 '살벌한' 표식이자 경고장이었다. 이 남자가, 어린 왕자다. 금발에 황금빛 스카프, 연두색 옷 대신 환자복을 입고 휠체어를 탄 검은 까까머리의 아픈 어린 왕자. 왜 이 남성을 보면서 『어린 왕자』를 떠올렸는지 잘 모르겠다. 다만, 이 환자의 순수한 느낌이 왕족 같은 분위기를 낸 건 분명하다. 또 환자를 만지지 말라는 표식은 현실에서 보기 힘든 것이어서 『어린 왕자』가 품고 있는 신비로움과 약간이라도 맞닿아 있다고 생각한 것 같다. 그때 간호사가 나를 불렀다.

"김지수 님, 이쪽으로 오세요."

'사람 구경'은 끝이 났다.

그를 알게 된 건 우울증 재발로 입원했을 때였다. 당시 나는 어떤 것에도 흥미를 느끼지 못하는 상태였는데, 아픈 어린 왕자는 관심거리였다. 그를 알기 위해 병실 앞 소파에 앉아 책을 보기도 하고 낮잠을 자는 척했다. 알아낸 거라고는 20대 초반, 일주일 전쯤 통증 치료를 위해 입원했고 가족은 면회를 거의 오지 않는다는 것이었다. 말수도 없어 보였다.

간병인이 그를 휠체어에 태워 소파 옆을 지날 때가 그의 얼굴을 가까이에서 살필 수 있는 유일한 순간이었다. 그와 나의 거리는 50cm나 될까, 가까이서 바라볼 수 있는 몇 초 되지 않는 시간에 고도의 집중력이 발휘됐다. 피부는 하얗고 눈은 초점 없었다. 동양인이라는 게 믿기지 않을 정도로 피부가 하얗다. 너무 하얀 피부 때문인지 어떤 감정도 드러나지 않은 무표정이 '초상화' 같았다. 그가 내 앞을 지나는 게 아니라, 내가 초상화 앞을 지나는 것 같았다.

'살아 있는 생명체가 초상화 같다니…'

며칠 후 반전을 목격했다. 점심시간, 물을 받으러 정수기가 있는 곳으로 가는 길에 그가 보였다. 간병인 없이 혼자 휠체어를 타고 지나가고 있었다. 분명히 그였다. 휠체어에 깃발 비슷한 게 달려 있으니 확실하다. 식판을 무릎에 올려놓은 채 휠체어 바퀴를 밀면서 복도 끝으로 향하고 있었다. 국을 담은 그릇이 신경 쓰였다. 그는 국물이 넘치지 않도록 조심스럽게 바퀴를 미는 것 같다. 저쪽은 병실이 아닌데, 면회실로 가는 걸까. 가족이 면회를 왔나. 면회실에서 밥을 먹으려는 건가. 그에게 따라붙었다. 면회실 문은 활짝 열려 있었고 그가 들어가자 미닫이문이 닫혔다. 큰 소리로 떠드는 소리, 낄낄거리며 웃는 소리가 들렸다. 어수선한 분위기를 틈타 문을 살짝 열고 엿보기 시작했다. 누군가가 거기서 뭐 하냐고 물으면 이 말만 하면 된다.

'거기 정수기가 있나요?'

어린 왕자를 포함해 여덟 명의 남자 환자가 모여 뭔가를 하고 있었다. 식사 준비였다. 환자용 식판은 그들과 어울리지 않았다. 들뜬 분위기 속에 그들은 각자 가져온 음식을 꺼내 놓기 바빴다. 김치며 젓갈이며 밑반찬에 먹다 남긴 족발과 치킨까지 펼쳐 놓았고 김이 모락모락 나는 돼지고기볶음도 탁자 중간에 놓았다.

'맞다, 아까 누군가가 스테이션에서 간호사에게 반찬을 데워 달라고 부탁하는 걸 봤는데 저거였구나.'

"병원인지 단식원인지, 식욕을 없애 버려. 퇴원할 때 돈 내고 가야 하는 거 아니냐. 다이어트가 절로 돼. 맛없게 만들려고 작정해도 이렇게 할 수는 없을 거야."
"우리가 무슨 당뇨 환자냐고? 우리가 정신은 이래도 몸은 멀쩡하잖아. 이 병원에서 체력은 우리 병동이 제일 좋을걸?"
"이걸 일반식이라고 만든 인간들, 자기들은 못 먹을 거야. 그렇지?"
"아까 간호사한테 제육볶음 전자레인지에 돌려 달라고 했더니 이걸 먹을 거냐고 묻더라고. 그럼 먹지 이게 관상용이냐고."
"먹고 싶었나 봐. 좀 주지 그랬어?"
"전자레인지에 돌려 달라고 하면 꼭 묻고 확인해. 이게 뭐냐고, 먹을 거냐고. 한마디 해야겠어. '먹어 봐!'"

"우리가 주면 못 먹을걸? 독 들었을까 봐."

"아니지. 자기들이 주는 약 넣었을까 봐."

"야, 그럼 근무하다가 자겠구나. 곯아떨어지겠지?"(웃는 소리가 최고조에 이른다.)

"반찬 다 섞자. 우리 엄마가 비벼 먹으라고 양푼 가져왔어. 비벼 먹자."

환자복과 식판만 아니면 입원실 점심시간이라고 생각할 수 없는 장면이었다. 내 시선은 온통 그에게 쏠려 있었다. 그때 귀를 의심했다. 분명히 그의 목소리였다. 그를 처음 봤을 때 들었던 음성은 아주 작고 가늘어 말소리가 아닌 음향 같았다. 그런데 음향이 음성으로 바뀌는 순간이었다. 가는 목소리였지만 단호했다.

"내가 비빌 거야."

그는 비빔밥을 만들기 시작했다. 두 글자가 떠올랐다. '악력'(握力), 손아귀로 무엇을 쥐는 힘이다. 그의 악력 세기는 '강'(强)이다. 숟가락을 꽉 쥔 손, 하얗다 못해 투명한 손등에 얼키설키 푸른 정맥이 비쳤다. 어찌나 열심히 밥을 비비는지 푸른 정맥이 봉긋봉긋 솟아오르려 한다. '초상화'에 변화가 생긴 것 같았다. 생기였다. 모든 식판에 비빔밥이 담겼다. 각자 먹기 바쁘다. '저건 한술이 아니다. 저게 어떻게 한 숟가락인가. 작은 입도 저렇게 벌어질 수 있구나.' 그의 연분홍 입술이 시뻘겋게 물들었다. 붉게 타오른 단풍이 떠올랐다. 생명력이 절정에 이른 11월의 단풍. 밥 한 톨도 놓치지 않으려 꽉 다문 얇은 입술이 파도처럼 춤을 추는 것 같았다. 그가 또 한 숟가락을 입에 넣을 때 추임새가 나왔다.

'옳지! 그렇지!'

이유식을 시작한 아이의 엄마가 된 기분이 들었다. 만들어 준 이유식을 야무지게 잘 받아먹는 아이를 보며 느낄 그런 마음. 그는 나의 모성을 건드렸다. 그날 점심시간 이후 궁금증이 더 증폭됐다. 할 수 있는 건 그의 주변을 맴돌거나 스테이션에서 그의 이름이 들리면 귀를 기울이고 간병인 아저씨가 통화할 때 엿듣는 것뿐이었다. 그는 여전히 말이 없었고 표정도 초상화 모드 그대로였다. 활기를 띠는 건 오직 식사 시간뿐이었다. 그를 가리켜 먹는 데 진심인 어린 왕자라고 하는 이유다. 오전 8시, 낮 12시, 오후 6시 환자식을 실은 수레가 병동에 도착하는 시간, 5분쯤 지나면 어김없이 그와 밥 친구들이 면회실로 향한다. 각자 식판과 함께 반찬을 가지고 몰려드는 것이다. 특별한 이야기를 나누며 식사하는 것도 아니다. 그저 열심히, 사이좋게 먹을 뿐이다. 숟가락을 쥔 그의 손에서 느껴지는 악력은 한결같았다.

그는 몇 년 전 큰 교통사고로 몸이 바스러질 정도로 다쳤다고 한다. 사고는 상대방 과실로 인한 것이었다. 큰 수술을 여러 번 받으며 목숨은 건졌지만, 극심한 통증을 비롯해 여러 후유증을 겪게 됐다. 타인의 잘못으로 장애를 안게 된 상황에 놓였다. 눈에 초점 없는 건 통증을 조절하기 위해 투여한 약 때문인 것 같다. 식사 시간만큼은 눈에 힘이 들어갔다. 살고자 하는 의지, 지독히 고통스럽지만 그래도 살아 내야 한다는 강렬한 의지였다.

그에게 말을 건네지는 못했다. 시간이 흐를수록 미안함이 커졌기 때문이다. 당시 나는 입원 치료가 꼭 필요한 상태였으나 그가 겪었을 고통에 비하면 아무것도 아니라는 생각이 들었다. 그가 겪는 고통은 타인의 잘못으로 인한 것이었고 나의 고통은 상처받기를 허락한, 온전히 나로 인한 것이었다는 사실이 부끄럽고 미안했다.

퇴원하는 날이 왔다. 나에게 퇴원은 반복되어 온 삶의 부분이지만, 두렵고 우울한 일인 것도 분명한 사실이다. '일상으로 돌아가 예전처럼 지낼 수 있을까, 아무렇지 않은 듯 근무하고 방송도 진행하고 사람들을 만날 수 있을까, 또 언제쯤 입원하게 될까.' 퇴원할 때마다 드는 생각과 의문은 똑같고 답도 알고 있지만, 언제나 낯설다. 이 또한 극복해야 할 부분이라는 걸 잘 알기에 퇴원하는 날은 좋아하는 옷으로 갈아입고 신경을 쓴다. 주치의와 레지던트 선생님들, 간호사들과 직원들, 환자들과 일일이 인사한다. 이날도 환자들과 인사하고 있는데 휠체어 끄는 소리가 들렸다. 스르륵 스르륵…. 이쪽 병동에서 휠체어를 타는 사람은 오직 한 사람뿐인데, 역시 그였다. 인사해야 할지 머뭇거리고 있는 순간 그가 말을 걸었다.

"와, 화장만 한 건데 너무 다르네요. 이렇게 미인인 줄 몰랐어요. 신기해요. 근데 나도 허그하고 싶어요. 나도 허그해 주세요."

내가 사람들과 인사하는 모습을 지켜본 것이다. 그와 대화하게 될 거라고 상상도 하지 못했다. 퇴원 전 멀리서라도 잠시 볼 수 있으면 다행이라고 생각했다. 그런데 그는 거리낌 없이 다가와 말했다. 귀여운 '도발'까지 했다.

'허그해 달라.'

휠체어에 앉아 안아 달라며 팔을 벌리는 모습이 나의 뇌리에 깊이 박혔다. 빨리 그를 안아 줘야 할 것 같았다. 매우 조심스러웠지만 갓 난아이를 대하듯 나의 두 팔이 그의 몸통을 살포시 감쌌다. 내 두 손이 맞닿았다. 생각했던 것보다 그는 더 말랐다. 그런데, 뜻밖이었다. 그는 깃털처럼 가벼웠고 포근했다. 마른 장작처럼 뻣뻣할 것 같았는데…. 그의 가느다란 팔이 내 어깨를 감쌌을 때 따뜻했다.

'사람의 정상 체온 36.5도가 이렇게 위안을 줄 수 있구나.'

비누 냄새와 소독약 냄새가 섞였는데도 좋았다. 나를 짓누르던 근심과 불안이 사라지고 살아갈 에너지를 얻는 기분이었다. 몇 초 되지 않은 허그는 살아갈 날 속에 여러 모습으로 떠오를 것이다. 때로는 나를 위로할 것이고 용기, 희망이 돼 주기도 할 것이다.

'이제 아프지 마. 상처받지도 말고.'

그는 아무 말도 하지 않았지만 나는 들을 수 있었다. 허그해 달라고 청한 건 그였지만, 허그를 통해 위로받은 대상은 그가 아니라 나였다. 그를 놓아줘야 할 순간이 왔다. 그가 말을 건넸다.

"이 과자 하나 가져가세요."

항상 왼쪽 옆구리에 끼고 다니던 과자였다. 사람들에게 나눠주던, 큰 비닐봉지에 들어 있는 소포장 과자. 정작 그가 먹는 건 한 번도 볼 수 없었던 낱개 포장용 과자가 맺힌 눈물 때문인지 두 개로 겹쳐 보였다. 더 있다가는 눈물이 쏟아질 거 같았다. 해 줄 수 있는 건 이 말 한마디였다.

"끝까지 힘내세요."

이제, 아기처럼 부드럽고 따뜻한 손을 놓아야 한다. 그의 두 손을 원래 있던 무릎에 놓아두고 도망치듯 걸어 나온 것밖에 기억나지 않는다. 스테이션 쪽에서 나를 부르는 소리가 들렸지만 돌아볼 수 없었다. 빨리 벗어나고 싶었다. 한동안 그에 대한 생각이 떠나질 않았다. 내가 그라면 어떻게 할 것인지, 어떻게 살아가야 할 것인지 생각하고 또 생각했지만 일상은 다시 바빠졌고 기억은 희미해졌다.

1년쯤 지났을까. 이날도 지하에서 지상으로 빠져나오는 퇴근길 전철 안에서 차창 밖 하늘을 구경했다.

'해가 떠 있는 시간이 길어졌어. 봄이구나.'

전철은 다음 역에 이르렀고, 사람들이 승강장으로 몰려들었다. 그때 내 눈이 한 사람에게 고정됐다.

'어린 왕자다!'

이 다섯 글자가 떠올랐을 때 전철이 출발했고 어느새 터널 안으로 진입했다. 그가 내 시선에 머문 시간은 몇 초에 불과했다. 3월의 평일 저녁, 그는 감색 재킷에 청바지, 베이지색 스카프를 두르고 있었다. '어린 왕자'가 맞더라도 기적이라고 말하고 싶지 않다. 전문가들 예측이 모두 맞는 건 아니니까. 며칠 뒤, 지하철역에서 본 남성이 그인지 아닌지는 중요하지 않다는 생각에 이르렀다.

'잘 있을 거야. 매우 강한 사람이거든. 설사 휠체어에서 일어나지 못했어도 잘 지낼 거야. 생명력을 이미 확인했잖아.'

그의 악력을 떠올렸다. 비빔밥을 먹기 위해 숟가락을 쥔 손과 손등 위로 솟았던 정맥, 힘을 줄 때마다 솟았던 푸른 정맥은 살고자 하는 강한 의지의 발로였다. 새싹이 움틀 때 땅 깊은 곳에서 올라오는 생명의 기운처럼. 살고자 하는 사람들은 어떻게든 살아간다. 회복되지 않을 것 같은 절망을 경험해 본 이들이 다시 살고자 할 때는 그 누구와 견줄 수 없는 생명력이 발휘되기에. 적어도 내가 본 사람들은 그랬다.

"지수 선배, 저 좀 살려 주세요!"

"선배, 저 어떡하죠. 저 좀 도와주세요!"

"무슨 일이야? 말해 봐. 어서!"

"죽고 싶어요. 자꾸만 이 생각이 들어요. 어떡하죠. 우울증 같아요."

"지금 어디야?"

휴대전화 화면에 회사 후배의 이름이 뜬다. 후배로부터 전화가 걸려
오는 건 처음이다. 아침부터 전화가 오는 것으로 보아 업무와 관련
된 일이거나 가족에게 생긴 건강 문제인 것 같다. 후배가 있는 곳으
로 뛰어갔다. 벽면 하나가 통유리로 돼 있는 곳에, 후배가 창을 등지
고 홀로 앉아 있었다. 겁먹은 고양이가 웅크린 모습이었다. 후배 등
뒤로 쏟아지는 햇빛에 눈이 부셔 표정을 읽을 수 없었다. 곁으로 다
가서자 후배가 얼굴을 들었다. 눈두덩이가 부어 있었다.

누군가에게 자신이 편치 않다는 것, 일상을 이어 가기 어려울 정도
로 불편하다는 사실을 말하기는 쉽지 않다. 사회에서 만나 일로 얽
혀 있는 사이에서는 더욱 그러하다. 조직에서 누군가의 '은밀한' 정
보는 험담을 즐기는 이들의 안줏거리가 될 뿐 아니라, 예측할 수 없
는 상황에서 발목을 잡는 부메랑이 될 수도 있기 때문이다. 후배도
그런 '위험'을 잘 알고 있을 것이다. 게다가 우리는 친분이 없었기에
나라는 사람에게 지극히 사적인 이야기를 털어놔도 되는지 판단하

기 어려웠을 것이다. 그럼에도 불구하고 후배는 나를 찾았다. 자신의 일상을 집어삼키려 하는 우울함이라는 감정 앞에서 냉정을 되찾고 최선이라고 여기는 선택을 한 것 같다.

후배는 우울증을 겪고 있었다. 극도의 스트레스로 인해 일상을 견뎌 낼 힘을 잃은 상태였다. 생존을 위한 음식 섭취, 수면도 정상적이지 못했다. 가족이나 친구와의 의사소통, 회사 업무 등 자신을 둘러싼 어떤 것에도 집중할 수 없었다. 후배가 감당할 수 없었던 건 고통으로부터 탈출할 방법은 극단적인 선택밖에 없다는 생각이 계속 드는 것이었다. 후배는 자신의 의지로는 그 생각을 멈출 수 없었다고 말했다.

"그 병이 원래 그래. 나도 그랬어. 전화 잘 한 거야. 내가 도와줄게."

나도 우울증 정도가 심한 적이 있었다. 어떤 병이든 조기에 치료해야 경과도 좋을뿐더러 재발 위험성이 줄어드는데, 나의 경우 오랫동안 방치한 까닭에 완치를 기대할 수는 없었다. 하지만 적극적으로 치료받은 덕분에 증상을 조절할 수 있었고 큰 불편 없이 생활할 수 있게 됐다. 치료받으며 느꼈던 건 우울증과 관련해 잘못 알고 있는 사실이 많았다는 것이다. 병이 호전되면서 두 가지 생각이 머릿속에 남았다. 늦게라도 치료받아 다행이라는 것, 좀 더 빨리 발견했다면 완전히 나을 수 있었을 것이라는 후회와 안타까움이었다.

'아직 우리 사회가 우울증에 대한 선입견이 큰데, 네가 아픈 걸 알려서 좋을 게 뭐 있겠니?'
'시집은 갈 수 있겠어?'
'결혼한 후에 책을 써라!'

우울증이 어떤 질환인지 알게 된 후 가장 충격적이었던 건 방치할 경우 극단적인 선택으로 이어질 위험성이 매우 크다는 사실이었다. 우울증은 치료가 꼭 필요한 '뇌의 질환'이라는 점을 강조하고 싶다. 뇌는 감정이든 생각이든 학습하려고 하는 특성이 있는데, 우울증이 생기면 의지와 관계없이 우울한 감정에 계속 휩싸이게 되는 이유가 여기에 있다. 따라서 우울감으로 일상생활에 지장을 받는다면 반드시 정신건강의학과 전문의의 도움을 받아야 한다. 전문가들은 우울증을 개인 의지만으로 해결할 수 있다고 믿는 게 화를 부른다고 지적한다.

그래서 나는 언제부턴가 투병 과정을 주변 사람들과 공유하기 시작했다. 처음에는 말리는 사람이 적지 않았다. 그때 문득 들었던 생각이 있다. 우울증 등 정신질환과 관련된 잘못된 인식을 바꿀 수 있는 기사를 많이 쓰고, 생방송도 열심히 하고, 대내외 활동도 활발히 하자는 것이었다. 우울증이 있어도 치료를 잘 받고 관리하면, 일상에서 문제가 전혀 없다는 걸 보여 주고자 했다. 우울증 치료의 좋은 사례가 되고 싶었다. 그러자 주변에서 자신이나 가족이 정신적 문제를 겪고 있음에도 치료를 망설이고 있다면서 치료받아야 하는지 물어왔다. '치료받아야 한다'는 걸 알면서도 나에게 확인했다. 나는 취재했던 내용과 함께 개인적으로 겪었던 것을 말해 줬다. 기자로서 또 먼저 치료받은 환자로서 경험까지 모두.

가장 안타까울 때는 아픈 대상이 의사 결정권이 없는 아이일 경우다. 2013년 봄 한 선배가 급히 나를 찾아왔다. 자녀의 우울증이 심각한데 병원에서 치료받은 기록이 남을까 두려워 치료받기가 망설여진다면서 내 생각을 물었다. 난 확실하게 말해 줬다.

"선배, 의료법상 어떤 기관도 개인의 의료정보를 열람할 수 없어요. 그러니까 빨리 치료받게 하세요."

선배는 혹시라도 누가 알게 돼 소문이라도 나면 어떻게 하냐고 했다. 순간 화가 났지만, 마음을 가다듬으며 휴대전화 메모장을 뒤졌다. 우울증을 방치하면 어떤 일이 초래되는지 정신건강의학과 전문의가 쓴 칼럼과 관련 기사를 보여 줬다. 선배는 휴대전화를 돌려주며 "명상 같은 건 어떨까?" 하고 물었다. 내 얼굴이 일그러졌다. 선배는 내가 언짢아한다는 걸 알아차렸고 내가 무슨 말이든 하길 바라는 눈치였다. 대화를 이어 가다가는 선배와 싸울 것만 같았다. 어린이와 청소년 우울증 치료에 명망 있는 정신과 전문의 세 명의 이름과 소속 병원을 적어 줬다. 자리를 뜨려는 순간, 나도 모르게 가시 돋친 말이 입 밖으로 튀어나왔다.

"뭔가에 홀려 봤어요?"

"홀리다니, 무슨 말이야?"

"귀신한테 홀린다는 말 있죠? 저는 홀려 봤어요. 그거 같았어요. 분명히 죽는 건 말이 안 되는 거 아는데, 자꾸만 그것도 온종일 죽고 싶다는 생각만 들었어요. 그 생각이 멈추질 않았어요. 얼마나 무서운지 몰라요. 아이도 아마 그럴 거예요. 굉장히 무섭고 외로울 거예요."

그날 이후 선배는 나를 보면 피했다. 먼저 피하는 선배가 고맙기도 했다. 아이를 방치할 게 분명해 보이는 선배에게 달려가 상처 주는 말을 퍼부을 게 분명했기 때문이다. 하지만 시간이 흐르면서 후회하는 마음도 들었다. 차분히 더 설명하고 친분 있는 전문의와 통화하게 하는 방법도 있었는데, 마음만 앞서 미숙하게 행동한 것 같았다. 시간을 가지고 선배 마음을 움직이게 해야 했다. 독선에 빠진 건 아닌지 나 자신을 돌아봤다. 계절이 두 번 바뀌었을 무렵, 선배에게서 문자 메시지를 받았다.

"지수 씨, 우리 애 요즘 모래놀이 치료 다니고 있어. 거기 선생님도 정신과 치료를 받아 보면 좋겠다고 하네. 그래서 지수 씨가 추천한 병원으로 예약했어. 고마워."

"잘하셨어요. 마음 내킬 때 병원에 가면 되죠. 저도 감사해요." 답장을 보냈다.

쏟아지는 햇빛을 등진 채 눈물을 흘리며 도움을 청하던 후배는 얼마 지나지 않아 사랑에 빠졌다. 후배가 사랑하는 사람과 통화하는 소리를 우연히 듣게 됐는데, 장소가 공교롭게도 통유리창 앞 바로 그 자리였다. 녹음을 마치고 부스 문을 여는데 후배의 밝은 목소리가 들렸다. 밥은 먹었냐는 말 한마디가 이렇게 감미로울 수 없었다. 통화하는 상대가 애인이라는 확신이 들면서, 왠지 엿들어도 후배가 너그러이 용서해 줄 것 같았다. 통화가 끝나갈 무렵 곁을 지나려는데 후배가 말을 건넸다. 마치 내가 엿들은 걸 알고 있었다는 것처럼.

"선배, 저 남자친구 생겼어요."
"어쩐지. 좋은 일 있는 거 같았어."
"병원에서 저 그만 오래요. 만약에 또 그때처럼 그러면 오라고 하네요."
"정말? 잘 됐다."
"근데 선배, 이게 또 안 좋아질 수도 있는 거예요?"
"음, 다 나았다고 해도 살다 보면 좋은 일만 있는 게 아니잖아. 그럴 때 영향을 받을 수도 있대. 하지만 미리 걱정할 필요는 없어. 힘들어지면 다시 병원에 가면 되는 거고. 전문가는 도움받으라고 있는 거지 뭐."
"선배는 괜찮으세요?"
"그럭저럭. 나도 달라진 게 있어."
"어떤 거죠?"
"너무 애쓰지 않는다는 거."

"무슨 말인지 잘 모르겠어요."

"삶에 브레이크를 걸 수 있게 됐어. 힘들어지기 전에 멈출 수 있게 됐다는 거지. 혼자 멈추는 게 힘들면 주치의에게 도움을 요청하고 있어."

"알 거 같기도 하고…."

"예전에는 힘든지도 모르고 그냥 앞만 보고 달렸어. 그러다가 브레이크가 풀려서 나 자신이 고꾸라지는지도 모르다가 망가졌지. 요즘은 브레이크를 걸 수 있게 됐어. 힘들어지려고 하는 그 타이밍에 말이지. 신기한 건 타이밍을 알게 됐다는 거야. 이미 힘들어진 상태에서 멈추려고 한다면 늦어. 그 타이밍을 알아야 해."

"좀 알 것 같기도 한데요. 타이밍을 어떻게 알아차릴 수 있죠?"

"그건 설명하기가 쉽지 않은데, 이렇게 생각하면 되겠다. 지난번에 너무 힘들어서 나를 찾았을 때 말이야. 그런 상태에 이르도록 자신을 방치하면 안 된다는 거지. 그렇게 힘들어지기 전에 브레이크를 걸어야 해. 그러려면 자신의 마음을 잘 살피고 항상 들여다봐야 할 거야."

품위 있는 죽음을 원한다

에피소드 I
장례식장 건물로 출근하는 기자

기자들은 본인이 담당하는 분야의 출입처로 출근한다. 정부 부처와 경찰서, 각종 금융기관 등 대부분 출입처에는 기자들이 상주해 취재하고 기사를 써서 회사로 송고할 수 있는 기자실을 운영한다. 보건의료 분야를 담당할 때 서울 시내 주요 대학병원으로 출근했다. 한 병원은 회사와 거리가 가까웠고 홍보팀의 취재 지원도 적극적이었지만, 기자실이 협소해 거의 드나들지 않았다. 그런데 리모델링했다는 얘기를 듣고 한번 가 보기로 맘먹었다. 기자실은 본관과 떨어져 있는 장례식장 건물에 있었다.

2016년 6월, 그 병원 기자실로 출근하기 위해 오전 7시도 되지 않은 이른 아침 건물 로비로 들어섰다. 커피 원두 볶는 냄새를 따라 커피전문점 입구를 찾다가 로비 벽면에 설치된 대형 LED 화면을 발견했다.

'와, 정말 예쁘다. 아이돌 같아. 스무 살도 안 돼 보이네. 요즘 애들은 셀카도 잘 찍어. 얘는 어떤 각도에서 찍어야 예쁜지 알고 있어.'

몇 초 후 화면에 사진이 바뀌었다.

'얘도 셀카네. 요즘에는 교복에 조끼가 있구나. 분위기 있다. 미드에 나오는 교복 같아.'

다른 사진으로 바뀌려는 순간, 주저앉을 뻔했다.

내가 보고 있는 사진은 모두 영정 사진이었다.

사진 속 사람들은 그제나 어제, 오늘 새벽에 세상을 떠난 이들이었다. 로비 벽면의 절반가량을 차지하는 LED 화면은 영정 사진들을 파노라마 방식으로 보여 주고 있었다. 화면의 해상도가 얼마나 높은지 사진 속 얼굴의 주름이나 점까지 선명하게 드러냈다. 너무나 생생해 사진 밖으로 튀어나올 것만 같았다. 사진 속 얼굴이 연세가 많아 보이는 어르신이면 세상 순리대로 떠났다는 생각과 함께 죽음이 그나마 자연스럽게 느껴졌지만, 젊은 사람이면 불운한 죽음이라는 생각이 머릿속을 떠나지 않았다.

환하게 웃고 있는 셀카 사진이 LED 화면에 올라오면 예상하지 못한 고인의 죽음 앞에 황망해했을 유족들의 모습이 그려졌다. 유족들은 영정 사진으로 쓸 고인의 증명사진 한 장 찾지 못해 고인으로부터 받았던 사진 파일들을 찾아봤을 것이다. 혹은 고인이 세상을 떠나기 전까지 지녔을 휴대전화를 살피거나, 어쩌면 고인의 휴대전화 메신저 프로필 사진 파일을 다운로드했을 것이다. 고인도 유족들도 지인들도 셀카 사진이 영정 사진으로 쓰일 것이라고는 상상조차 하지 못했을 것이다.

그날 이후 고민이 생겼다. 기자실로 출근하려면 로비를 통과해야 하는데, 마음이 편하지 않았다. 눈을 바닥으로 내리깔고 걸어도 눈부신 LED 화면 속 얼굴들이 가시권 안에 들어왔다. 본관을 거쳐서 가면 로비를 지나지 않아도 되는데, 이른 아침 최소 15분 일찍 기자실로 향하는 게 부담됐다. 그냥 자연스럽게 오가기로 했다. 가능한 한 그쪽을 쳐다보지 않기로 마음먹었지만, 시선이 갔다. 고인이 미성년자일 경우 심란한 마음은 오전 내내 이어지다 잊혔지만 퇴근할 때 그곳을 지나면서 다시 심란해졌다.

'사고였나? 병이었을까? 병이라면 어린이 병원에서 투병했을 거야. 얼마나 고통스러웠을까. 부모 마음은 얼마나 아팠을까.'

나는 왜 이리 죽음에 민감할까. 나와 관련 없는 사람들의 죽음인데도 오래 생각한다. 사진 속 그들을 위해 기도하기 시작하면서 그들의 죽음을 덤덤하게 바라볼 수 있게 됐다. 그런데도 영정 사진으로 쓰인 셀카 사진은 불편했다. 조금 전 찍은 셀카 사진이 나의 죽음을 애도하러 온 사람들이 마주하는 사진이 될 수도 있다는 사실. 늘 머릿속으로는 죽음이 삶의 일부라는 사실을 기억하며 존엄한 죽음을 맞을 수 있도록 삶을 충실히 살아가자고 생각한다. 그런데도 죽음이라는 건 참으로 무겁다.

LED 화면에 내 사진이 올라가는 걸 상상해 봤다. 어떤 이들은 나의 젊음을 탄식할 것이고 어떤 이들은 꿈을 향해 덤벼들던 나의 열정을 슬퍼할 것이다. 결국 그렇게 떠나는 것을. 우리는 꿈과 목표를 향해 달려가고 있지만, 인생의 종착역은 죽음이다. 살아가는 모습은 제 각각 다르나 단 한 사람의 예외 없이 마지막으로 향하는 곳은 같다. 자신이 얼마나 빠른 속도로 종착역을 향하고 있는지 모른다는 사실에서 또한 그 누구도 예외일 수 없다. 어쩌면 우리는 생각했던 것보다 빨리 종착역 인근에 와 있을 수 있다. 그 시점을 알 수 없기에 현재의 삶, 지금 이 순간이 더없이 소중하다.

에피소드 Ⅱ
정신과 병동에서 만난 '시도'자

"저랑 닮았어요."

"네?"

"제 손가락이랑 닮았다고요."

"…."

누군가 내게 말을 걸었다. 말을 건 사람을 쳐다보지 않고 바로 내 손을 봤다. 나의 콤플렉스를 건드린 것이다. 상처투성이 울퉁불퉁한 손가락들. '어떤 황당한 년이야? 뭐야?' 본인 손가락과 닮았다고 한 여성을 향해 적의가 발동했다. '아픈 곳을 건드려? 주치의도 조심하는 내 아픈 곳을?' 그녀를 무섭게 쏘아봤다. '이럴 수가, 예쁘다. 좋아하는 스타일이야.' 그녀의 세련되면서도 청순한 분위기에 적개심이 봄눈 녹듯 녹았다.

"여기가 환해서 더 잘 보일 거예요. 울퉁불퉁하고 좀 징그럽죠?"

나는 가장 상처가 많은 오른쪽 엄지를 그녀 앞으로 가져다 댔다. 그녀는 재빨리 말했다.

"제 손가락도 똑같아요. 저도 엄지가 제일 심해요. 그쪽 손을 보니 저랑 비슷해서요. 불쾌했다면 사과할게요."
"아니에요. 저도 저랑 비슷한 손가락 가진 사람들 봤어요. 하나도 기분 안 나빠요."

나는 그녀의 미모에 넘어갔다. 불안할 때마다 손톱 주변을 물어뜯는다는 공통점 하나로 우리는 금세 친해졌다. 나보다 두 살 더 많은 그녀는 명문대 약대를 졸업한 후 외국 제약사에 입사했다. 정신과 신약 개발에 관심이 많았는데 우울증으로 본인이 먹게 됐다면서, 부작용 등 복용하지 않는 한 알지 못하는 걸 경험하게 됐다고 말했다. 그러면서 입원한 김에 평소 관심 있던 다른 제약사의 약물도 복용해 보고 싶다는 말에 우리 둘은 한참 웃었다. 그녀도 나처럼 우울증을 겪고 있었고 최근에 증상이 심해 보호 병동에 있다가 며칠 전 개방 병동으로 왔다.

"내가 어떻게 지수 씨를 알게 됐는지 알아요? 입맛이 하나도 없어서 거의 못 먹고 식판을 가져다 놓는데요. 내 앞에 있던 지수 씨가 식판을 올려놓는데 깜짝 놀랐어요. 식판이 설거지한 것처럼 깨끗한 거예요. 너무 웃겼고 부러웠고요. 여기가 약이 독해서 밥을 많이 주는데 그걸 다 먹으니까 귀엽기도 하고 관심이 생긴 거죠."
"그 뒤로도 제 식판 확인하셨어요?"
"그렇지요. 지수 씨가 나오면 뒤따라갔죠. 식판이 항상 깨끗했어요."
"저 원래 엄청 많이 먹어요. 다 맛있어요. 죽고 싶을 때도 입맛은 있었어요."
"그랬군요. 그러다가 손가락을 보게 됐어요. 엄지를 봤어요. 나랑 손가락이 똑같아서 놀랐고 저 사람도 크고 깊은 상처가 있구나 하고 생각했어요."

나도 그녀도 자신의 손을 한동안 들여다봤다.

"지수 씨, '시도'해 본 적 있어요?"
"아, 해 본 적은 없지만 그런 생각에서 자유로울 순 없었어요."
"난 해 봤어요. 실패해서 결국 병원으로 오게 된 거고요."
"…"

나는 어떤 말도 할 수 없었다. 그녀의 손을 잡았다. 닮은 두 손이 포개졌다.

"언니, 많이 힘들었겠어요. 지금 이렇게 살아 있다는 건 언니가 세상을 떠나야 할 때가 아니라는 거예요. 앞으로 좋아질 거예요. 저는 신(神)이 있다고 믿어요. 신이 언니를 다시 살게 해 줬다고 봐요. 다시 살게 해 준 건 언니가 해야 할 일이 있기 때문이라고 생각해요. '좝'(job) 말고 '미이션'(mission)을 말하는 거예요. 소명이죠."
내가 갑자기 혀를 심하게 굴리니 그녀가 큰 소리로 웃었다.

"지수 씨, 난 이제 죽고 싶은 마음도 없어졌어요. 그렇다고 살고 싶은 마음도 없어요. 어떤 의욕도 생기지 않아요."
"언니가 너무 지쳐서 그런 거 같아요. 저는 모든 에너지가 고갈되면 입원을 자청해 왔어요. 회사에도 당당히 말하고 와요. 정신과 병동에 가서 좀 쉬고 오겠다고요. 제가 미쳐서 오는 것도 아니고 제 발로 걸어 들어오는 거고요. 여기서 외부와 완전히 차단된 채 규칙적으로 생활하고 쉬면서 내게 맞는 약을 찾다 보면 신기하게 다 나아요. 에너지가 다시 생기고 일상으로 돌아가고 싶어져요. 죽음에 대한 생각도 사라지고요. 제 병을 객관적으로 볼 수 있는 힘이 생겨요."

미혼인 그녀는 1년 전 딸아이를 키우고 있던 이혼남과 사랑에 빠졌다. 그녀에게 그 사람은 단순히 애인이 아닌 치료자였다. 정신과 의사였기에 우울증을 앓는 그녀의 고통을 헤아릴 수 있었고 낫게 해주고 싶었다. 그녀는 아이에게도 진심으로 대했다. 둘의 사랑은 결실을 볼 것 같았지만 딸아이가 난치병에 걸리면서 상황이 바뀌었다. 재결합을 원하던 전처에게 아이의 투병은 절호의 '기회'였다. 강단 있는 성격이 아니었던 그는 흔들렸고 그들은 헤어졌다.

"지수 씨, 내가 그런 선택을 시도했을 때는 그럴 수밖에 없었어요. 그동안 앞만 보고 달려 나갔고 많은 걸 이뤘어요. 하지만 내 병 때문에 여자로서 삶을 포기했어요. 그러다가 운명처럼 그 사람을 만났죠. 그는 단순한 애인이 아니었어요. 내 상처를 아물게 해 주는 치료자였고 아버지라는 자리를 대신해 주는 존재였어요. 태어나 처음으로 보호받는다는 느낌을 받았고 어떤 어려움과도 맞설 수 있는 용기가 생겼어요. 새로운 세상이 생긴 건데, 결국 그 세상이 무너진 거죠."
"그래도 언니가 이렇게 다시 살게 됐다는 건 기적 아닌가요?"
"잘 모르겠어요."
"만약에 그분이 돌아온다면 받아 줄 건가요?"
"그런 일은 없을 거예요. 돌아온다고 해도 예전처럼 사랑할 수 있을까요? 그가 사랑했던 나는 그날 죽었어요."
"미안해요."

"온 힘을 다한다는 건 도박과 같아요. 사랑이 깨졌을 때 버틸 힘이 남아 있지 않는다면 그게 뭔가요? 저는 그 사람이 만들어 준 보호망을 사랑한 거라는 생각이 들어요. 그를 만나기 전에도 우울증이 있었지만 잘 살아왔어요. 그 사람이 뭐라고 제 삶을 버렸을까요."
"난 언니가 다시 태어났다고 생각해요. 이제부터는 온 힘을 다해 사랑하지 말아요."

손가락이 닮아서 친구가 됐던 그녀와 나. 우리는 손가락뿐 아니라 목표 지향적인 삶의 태도, 한때 사랑에 온 힘을 다했던 것까지 닮았다. 우리 둘은 중요한 걸 놓치고 있었다. 온 힘을 다해 사랑해야 하는 대상은 그 누구도 아닌 자기 자신이라는 점, 당연한 말 같지만 뒤늦게 깨달았다. 진심으로 자기 자신을 사랑해야만 자신이 전부라고 생각했던 대상이 사라져도 다시 일어설 수 있다.

에피소드 Ⅲ
호스피스 병동에서 만난 말기 암 환자

"내가 너무 억울해. 해외여행도 못 가 보고 억울해서 어떻게 죽냐고!"
"엄마, 엄마가 해외여행을 왜 안 갔어? 작년에 태국 갔잖아."
"뭐라고? 이년아, 너 뭐라고 했어? 동남아가 해외냐? 돈 아끼려고 제일 싼 곳에 보내 주고서 뭐라고? 내가 이렇게 죽을 줄 알았으면 미국이든 유럽이든 이런 데 갔어. 내가 너무 억울해. 내 인생이 너무 불쌍해. 돈 한 푼 못 쓰고 악착같이 모아서 자식들을 키웠어. 그런데 뭐가 어쩌고 어째? 작년에 태국 갔다고 지금 지껄이는겨? 이년의 주둥이를 다 찢어 놓을까 보다. 다시 말해 봐. 이년아. 이 나쁜 년!"

"엄마, 진정해."

"뭘 진정하냐고. 이년아, 너는 이 애미가 불쌍하지도 않냐? 내 나이 일흔도 안 됐어. 태국만 갔다 와서 죽는 인생이 어디 있어? 이 나쁜 년! 네가 대신 죽어라, 이년아. 내가 널 어떻게 키웠는데. 여기가 죽을 날만 기다리는 곳이라며. 이런 곳에 처박을 때 알아봤어야 했어. 살릴 생각은 하지도 않고 죽기만 기다리는 거 아니냐? 치료비가 아까워서 그러냐? 여기 수녀들만 돌아다니고 뭔가 이상했어. 여기! 산송장들 장례 치를 날만 기다리는 곳이잖아. 퇴원이 없다며? 여기 다음은 관 속이라며?"

"엄마, 그만 울어. 진정해야 해."

"너도 내 꼴로 죽을 거야. 딸년 팔자 애미년 닮는다고 하잖아. 천벌 받을 년. 뭐 해외여행? 태국 하나 꼴랑 보내 주고서 하는 말이 뭐라고? 다시 한번 말해 봐, 이년아!"

2017년 8월, 인천의 한 대학병원 호스피스 병동에서 자원봉사 활동을 하는 이들을 취재하고 있을 때 맞은편 병상에 누워 있던 환자가 소리를 지르고 있었다. 환자가 딸의 머리채를 잡았다. 평안해야 할 호스피스 병동이 뒤집혔다. 간호사들이 뛰어와서 한 덩어리가 된 모녀를 뜯어말렸다. 부지깽이처럼 마른 환자에게서 어떻게 저런 힘이 나올까 놀라웠다. 환자의 통곡 소리를 뒤로하고 딸이 병실에서 뛰쳐나갔다. 환자의 울부짖는 소리 중간중간 태국이라는 단어가 들렸다. 병동을 집어삼킬 것 같은 그 소리가 마치 야생동물을 포획

했을 때 내는 소리 같았다. 자신의 운명이 어떻게 될지 직감했을 때 내는 소리. 기자 초년 시절 어머니를 모시고 동남아로 패키지여행을 갔던 게 죄를 지은 것처럼 찔리기 시작했다. 직장에 들어간 지 얼마 되지 않아서 경제적 부담이 적은 곳을 택했던 건데, 죄송스러웠다. 주어진 시간이 몇 달밖에 되지 않는다는 사실에 분노한 60대 여성의 절규는 여생 동안 낼 수 있는 화를 다 그러모은 것처럼 강렬했고 처절했다.

"태국만 갔다 와서 죽는 인생이 어디 있어?"

1년 전 태국에 갈 때는 기뻤을 것이고 몇 달 전만 해도 여행을 추억했을 것이다. 하지만 지금은 여명이 얼마 남지 않았다는 사실을 받아들여야 하는 게 끔찍할 것이다. 그녀가 태국 대신 미국을 다녀오고 우주선을 타고 달에 다녀왔다고 하더라도 곧 죽는다는 사실 앞에서 뭐가 달랐을까. 자신의 수명이 얼마 남지 않았다는 사실을 덤덤하게 받아들일 수 있는 사람이 과연 존재할까.

이날 만난 자원봉사자 중 한 명은 파킨슨병을 앓던 남편을 10여 년간 간병한 60대 여성이었다. 남편은 합병증이 심해져 얼마 전 세상을 떠났다. 그녀는 운동장애로 인해 지팡이를 짚던 남편이 휠체어에 앉게 됐고, 나중에는 침대에서만 겨우 거동하는 모습을 지켜보며 죽음이란 것을 잠시도 생각하지 않을 수 없었다고 했다. 아버지의 난치병 투병을 지켜봤던 나는, 죽음이란 우리 집 식탁에 홀로 앉아 있는 손님과 같다고 생각했다. 식사에 초대받은 것 같지만 반기지 않는 불청객. 그렇다고 내치지도 못하는 무게감이 큰 손님.

"파킨슨병은 아주 심해져도 이 병 자체로는 죽지 않는다고 하더라고요. 의사들은 이 병을 길게 봐야 한다고 했어요. 주치의가 시키는 대로 다 했어요. 꼬박꼬박 진료받고 약 먹고 재활치료도 다 했어요. 초기 몇 년은 그럭저럭 견딜 수 있었어요. 하지만 애 아빠는 서서히 변해 가더라고요. 가만히 있는데도 손을 떨더니 행동이 느려지고 잘 고꾸라졌어요. 걸을 때 구부정해지고 걷는 것도 이상해졌죠. 말도 어눌해지고 기억력도 나빠졌어요. 모습도 성격도 모든 게 변하더라고요. 바깥에서 활발하게 활동하던 사람이 집 주변만 맴돌다가 집 안에 갇히면서 저도 그렇게 됐어요. 남편에게 우울증도 왔어요. 우울증이 안 생기는 게 이상한 거죠. 남편은 틈만 나면 울었어요. 변해 버린 자신을 받아들이는 건 가혹한 일이었어요. 나중에는 자해까지 했어요. 다른 파킨슨병 환자들은 잘 견뎌 내던데…."

그녀가 울기 시작했다. 손수건을 꺼내 눈물을 닦았다. 곳곳이 누렇게 변해 버린 꽃무늬 손수건, 저 손수건은 그녀가 살아온 세월을 알 것이다. 적어도 10년은 자신이 아닌 남편을 위해 살아왔을 것이고 그 시간은 그녀에게 창살 없는 감옥이었을 것이다.

"남편이 죽기를 바랐어요. 너무 고통스러워하는 걸 보면서 같이 죽는 게 나을 거라는 생각도 했어요. 나중에는 남편이 하는 말도 못 알아들었어요. 입술 모양으로 헤아리기도 어렵고요. 침을 질질 흘리며 말하더라고요. 죽여 달라고요. 신앙심도 깊고 긍정적인 사람이었지만 오랜 투병 앞에서는 어쩔 수 없는 나약한 인간일 뿐이었어요. 떠나기 몇 달 전부터는 사람도 잘 알아보질 못하더라고요. 우리가 하는 말도 알아듣지 못했어요. 자기 자신이 어떤 상황에 놓였는지도 인지하지 못하는 거 같았어요. 결국 이 병도 시간이 갈수록 커지는 고통 속에서 죽는 거잖아요. 사실 남편 정신이 언제부터 혼미해졌는지 잘 모르겠어요. 누구나 죽는 거지만, 죽음으로 가는 길이 너무 가혹했어요. 저는 간병하는 일이 힘들기보다는 옆에서 지켜보는 게 고통스러웠어요. 남편이 그냥 하루빨리 편안해질 수 있다면, 그 방법이 죽는 거라면 주님께 빨리 데려가 달라고 기도했어요."

그녀는 정성을 다했을 것이다. 남편도 그녀에게 한없이 고마웠을 것이고 미안했을 것이다. 남편이 그녀에게 죽여 달라고 한 말은 자신에게 헌신하는 아내를 위한 마음이 아니었을까. 그녀도 남편의 그런 마음을 알았을 것이다. 남편을 향한 미안함에 자원봉사를 시작했다는 그녀, 이제는 그녀의 마음이 조금이라도 평온해졌기를 바란다.

삶은 고해(苦海)다.

이것은 삶의 진리 가운데서 가장 위대한 진리다.

·아직도 가야 할 길·

3,923일의 생존 기록

part 2

삶은 명사가 아니다

과외를 구합니다

〈일당 잡부 대모집〉
일당 7만 원 이상 당일 지급
18세 이상~55세 미만
OO인력개발

〈일수 대출〉
수도권 전 지역 가능

〈용달 이삿짐〉
견적 무료
바구니·박스 대여

〈홀서빙 주방 보조 구함〉
OO소개소

주택가 골목 안 전봇대에 전단이 여러 개 붙어 있다. '과외 구함'이라는 네 글자로 시작하는 전단도 보인다. 재학 중인 대학교, 과외 가능한 과목과 간단한 경력, 연락처가 적혀 있다. 대학 시절 자주 바라보던 풍경 중 하나는 전봇대가 즐비한 골목이었다. 그날도 그곳을 쉽게 떠나지 못했다. 붙여 놓은 과외 전단이 떨어지지 않을까 걱정돼 자리를 맴돌았다. 연락처가 적힌 곳을 하나 떼어 냈다. 누군가 관심이 있어서 잘라간 것처럼 보이도록.

요즘은 지상에서 전봇대를 찾아보기가 예전만큼 쉽지 않다. 20여 년 전에는 동네 어디서든 '듬직하게' 서 있는 전봇대를 볼 수 있었다. 듬직하게 느껴졌던 건 전봇대가 내게는 단순한 시설물만이 아니었기 때문이다. 생계를 이어 가게 해 주고, 꿈을 키워 가도록 조력해 주는 '키다리 아저씨' 같은 존재였다.

자취 집에서 걸어서 왕복 한 시간 이내 지역이나 학교 주변, 현재 과외 아르바이트를 하고 있는 동네 전봇대에는 거의 다 붙였다. 일반 주택가에서는 어려움이 없었는데 아파트 단지에서는 달랐다. 아파트의 경우 입구 게시판에 붙여야 했는데 경비 아저씨들 눈에 띄기만 하면 금세 떼어졌다. 전단이 계속 붙어 있게 하려면 경비 아저씨들의 성향을 파악해야 했다. 대부분 미리 양해를 구하면 문제가 없었고, 어떤 분들은 학생이 고생한다며 본인들이 붙이겠다면서 빨리 다른 데 가서 붙이라고 했다. 심지어 여러 장 남겨 두고 가라고 말하기까지 했다. 고개가 저절로 숙어졌다.

전단을 붙이고 나면 '삐삐'라고 불리던 호출기가 울리기만을 기다렸다. 호출기 화면에 전화번호가 뜰 때, 전단을 붙인 지역의 국번이면 시험에 합격한 것처럼 기뻤다. 과외를 문의하는 학부모와 통화한 후 만날 날짜를 잡으면 수업 계획표를 짜고 학부모를 어떻게 설득해야 할지 고민했다. 면접시험을 준비하듯 예상 질문들을 뽑아서 답변을 정리했다. 훗날 낯선 사람과 대화를 이어 가거나 다양한 형태의 면접, 중요한 업무 미팅 자리에 크게 부담을 느끼지 않는 건 이때 쌓인 경험 덕분이다.

학부모와 만나는 날, 성실해 보이고 싶은 마음에 손톱 길이까지 확인했다. 집을 찾아가면서 익숙한 느낌이 들면 좋았다. 전단을 붙이느라 최소 한 번은 찾았던 동네라 그랬던 건데, 그 당시에는 이야기가 잘 풀릴 '전조'라고 생각했다. 생각해 보면 참 좋았던 시절이다. 첫 대면, 상대를 신뢰할 만한 정보 없이 처음으로 마주하는 자리인데 어떤 경계도 없었다.

"누구세요?"
"안녕하세요, 어머니. 과외 때문에 찾아뵙기로 한 김지수입니다."
"아, 잠시만요."
"안녕하세요."
"어서 오세요. 집 찾기 어렵지 않으셨어요? 여기 앉으세요. 이쪽이 시원해요. 식혜인데 좀 드세요. 제가 만든 건데 입맛에 맞으시려나 모르겠네요."
"감사해요. (벌컥벌컥 들이킨 후) 저희 엄마 식혜랑 맛이 비슷해요. 아니다. 이게 더 맛있어요."

당시 학부모들이 베풀어 준 호의는 지금도 내가 세상과 주고받는 온

기의 원천이다. 첫 대면 자리, 학부모에게 신분증과 학생증을 보여 준 다음 과외와 관련된 이력을 소개하는 게 상당히 어색했지만, 어느새 자연스럽게 대화가 오갔다. 아이 성적과 학습 문제점, 성격과 교우관계, 학교생활에서 특이점, 과외를 통해 보충하고 싶은 건 무엇인지, 어떤 방식의 수업을 원하는지 구체적으로 물었다. 당시 과외는 꿈을 향해 나아가는 징검다리였다. 질문 하나에도 신중할 수밖에 없었다.

공개 수업 때는 아이가 어려운 문제를 접했을 때 포기하지 않게끔 조력해 주는 나의 역할, 시간이 걸리더라도 아이가 기어이 해결해 내는 모습을 보여 주려고 애썼다. 대학교에서 교육학 같은 강의는 들은 적 없었지만, 나름의 지론(持論)이 확고했다. 아이들에게 자신감을 길러 주는 게 제일 중요하다고 봤다. 아이가 자신의 장점이 무엇인지 그 장점이 얼마나 대단한 것인지를 알면 자신감을 가질 수 있다고 믿었다. 사소한 것이라도 아이에게서 포착한 장점들을 말해 주고, 이것이 특별한 능력 더 나아가 꿈으로 이어질 수 있다는 걸 이해시켰다.

과외 아르바이트를 하며 가장 난감했을 때는 공부든 학교생활이든 일상에 흥미가 없는 아이를 만났을 때다. 중2 여자아이였는데, 매사 의욕이 없었다. 부모님의 바람은 공부를 못해도 좋으니 아이가 자신감을 가지고 학교생활을 하게끔 도와 달라는 것이었다. 학부모는 내가 아이와 같은 학교에 다니는 아이들과 함께 있는 모습을 봤고 과외 선생님이라는 걸 알게 돼 연락해 왔다. 아이를 처음 봤을 때 표정, 말투, 행동이 모두 조용했는데, 두 손의 약지와 새끼손가락이 눈에 들어왔다. 봉숭아 꽃물을 들인 것이다. '그래도 꽃물을 들이는 의욕은 있었네. 얘는 꾸미는 걸 좋아하는구나.' 아이 방을 유심히 살펴보니 인형과 미니어처 소품을 모아 진열해 두고 있었다.

"이거 네가 꾸며 놓은 거야?"
"네."
"나는 이런 거 잘 못 해."
"선생님은 화장을 잘하시잖아요."
"그러니?"
"아이섀도 색깔 예뻐요."
"화장품 보여 줄까?"
"네!"

아이의 눈이 빛났다. 화장품 파우치를 열고 책상에 하나하나 올려 놨다. 립스틱, 아이섀도, 마스카라, 아이브로우 펜슬, 파우더…. 아이의 반응은 빨랐다. 화장품을 들여다보고 만져 봤다.

"하고 싶으면 해 봐도 돼."
"제가 화장해 드리면 안 돼요? 눈 화장이 조금 지워졌어요."

아이가 화장품을 사용할 것으로 예상했는데, 나한테 화장을 해 주겠다고 했다. 나는 당황했지만 그렇게 해 보라고 했다. 며칠 뒤 아이에게 유명 메이크업 아티스트가 쓴 책을 선물했다. 책에는 다양한 메이크업과 혼자서도 할 수 있는 메이크업 방법이 담겨 있었다. 아이는 며칠 만에 이 책을 다 읽었다.

"넌 손재주가 있고 미적 감각이 있어. 그러니 미술대학에 가는 게 어떨까? 메이크업 아티스트가 될 수도 있고, 우리가 생각하지 못하는 다른 멋진 일을 할 수도 있어."

그 후 아이를 미대에 다니는 친구와 만나게 해 줬다. 아이에게서 변화가 감지됐다. 패션 감각을 자랑하는 미대생을 본 이후로 아이는 내 친구를 선망의 대상으로 삼았다. 그리고 예고와 미대에 진학하겠다는 꿈이 생겼다. 아이 인생에서 전환점이자 성장이었다. 아이는 예고에 진학했다.

나 또한 과외 아르바이트를 통해 배우는 게 많았다. 인생 공부였다. 세상에 감사할 줄 아는 마음을 배웠다. 힘든 상황에 놓여도 세상을 향한 '온기'를 잃지 않으면 세상도 나를 모른척하지 않는다는 것. 나를 신뢰해 준 학부모들을 향한 감사함은 시간이 갈수록 더 커졌다. 아이들 성적이 향상되고 꿈에 대해 생각하는 모습을 보면서 성취감과 보람을 느꼈다. '내 공부는 언제 하나, 나도 남들처럼 대학 생활을 하고 싶다'라는 생각도 가끔 들었지만, 머릿속에는 꿈을 향해 나아가는 것 말고는 없었다. 학부모들은 내가 과외 아르바이트를 여러 건 하는 걸 보면서 뭔가 말 못 할 집안 사정이 있겠거니 여기는 분위기였고, 나와 가까워지면 조심스럽게 물었다. 참 열심히 사는데 그 비결이 뭐냐고. 그때마다 나는 이렇게 대답했다.

"꼭 이루고 싶은 꿈이 있어서예요."

가슴 떨리는 세 글자, 캐스팅

대학 시절은 아버지의 병환으로 학업에만 전념하기 어려운 시기였다. 일과는 수업 시간을 빼놓고 과외 아르바이트로 채워졌다. 미팅 한번 해 본 적 없는 대학 생활이었지만, 연기자로 성공하고 싶은 꿈이 있었기에 가슴 벅찼던 시절이었다. 대학생이던 1990년대 중후반부터 2000년대 초반에는 연예기획사가 많지 않았을뿐더러, 연기자가 되는 길은 방송사 탤런트 공채 시험에 합격하거나 PD 눈에 띄어 캐스팅되는 특채밖에 없었다. 나는 정통 사극이나 시대극 전문 연기자가 되고 싶었다. 한 시대의 역사와 문화, 정서를 비롯한 사회적 분위기를 온전히 이해해야 하고 현재를 살아가는 사람들에게 공감을 끌어내야 하는 사극과 시대극에 나오는 연기자가 매력적이었다.

어느 날 일을 저질렀다. 당시 지상파 대하드라마 PD에게 편지를 보낸 것이다. 그는 인기 사극을 여러 편 연출했고 업계에서 촉망받는 PD였다. 편지에는 왜 연기자가 되고 싶은지, 그리고 그가 제작하고 있는 드라마에 출연하고 싶은 이유와 내게 오디션 기회를 줘야 하는 까닭을 담았다. 연기에 대한 진정성과 열정, 가능성을 알아봐 줄 것이라 믿는다고 썼다.

1999년 8월, 여의도 한 지상파 방송사 건물 앞에 섰다. 여대생이었던 나는 깡말랐고 검은 긴 생머리를 질끈 묶고 있었다. 청바지에 흰

색 민소매 블라우스를 입었고 책가방을 멨다. 방송사 건물이 얼마나 거대하게 느껴지던지 잠시 주눅 들었지만, 몇 년 뒤 이 방송사에서 주최하는 연말 연기대상 시상식에서 신인상을 거머쥘 것이라고 상상하며 건물 안으로 들어갔다. 스스로 최면을 건 것이다. 너무 떨려서 심장이 입 밖으로 튀어나올 것만 같았다. 1층 로비에 들어서자 경호팀 직원이 뛰어왔다. 어떻게 왔냐고 묻길래 드라마국 PD와 만나기로 약속했다고 말했다. 경호팀 직원은 나를 안내 데스크 쪽으로 데리고 갔다. 안내 데스크에 앉아 있는 여직원은 나와 눈도 마주치지 않은 채 물었다.

"누구를 만나러 오셨나요?"
"드라마국 OOO PD님요."

직원은 뜻밖의 대답이라는 표정을 짓더니 나를 힐끔 쳐다봤다. 순간 우쭐했다.

"약속하고 오신 거죠?"
"네, 오전 10시까지 드라마 사무실로 오랬어요."

그녀는 PD에게 연락하지 않고 신분증을 달라고만 했다. 신분증을 맡기고 받은 방문증에는 크고 굵게 표기된 방송사 로고와 '방문'이라는 글자가 각각 절반씩 차지하고 있었다.

'얼마나 많은 사람이 이 방문증을 쥐었을까. 저마다 간절한 바람이 있어서 이곳을 방문했겠지.'

내 눈이 여기저기 향했다. 하나도 놓치기 싫었다. 보이는 것을 모두 눈에 담으면서 마음이 약해질 때마다 떠올릴 것이라고 결심했다. 사무실까지 가면서 마주치는 연예인들과 방송 관계자들, 복도마다 붙어 있는 드라마 포스터들⋯. 마치 꿈을 꾸는 것만 같았다.

서울에 올라와서 틈만 나면 당시 지상파 방송사 세 곳이 모여 있던 여의도를 찾았다. 방송사 건물을 바라보는 것만으로도 의지를 다질 수 있었다. 그러다가 드디어 방송사 안으로 들어온 것이다. 그것도 드라마 PD와 만남으로 말이다. 설렘과 기쁨, 두려움과 불안이 씨줄과 날줄처럼 교차했다. 복잡했던 생각도 잠시, 대사가 없는 단역이라도 맡으려면 PD에게 나를 제대로 알려야 한다고 다짐했다. 대하드라마 사무실 앞, 입구에는 주인공들 얼굴이 커다랗게 나온 포스터가 붙어 있었다.

'바로 여기구나.'

문을 두드려야 하는데 용기가 나질 않았다. 시계를 보니 5분 정도 남았다. 복도 쪽으로 가 보니 전신을 비추는 거울이 있었다. 거울에 내 모습이 비쳤다. 피곤해 보이지만 눈은 빛났다. 유난히 숱이 많고 까만 머리, 가장 자신 있는 올백으로 넘겨 단정히 묶은 머리카락이 허리까지 내려온다. 당시 나는 아파 보일 정도로 말랐다. 갖춰 입을 만한 옷도 없었지만, 그날 민소매 블라우스를 입은 데는 이유가 있었다. 한복이 잘 어울리는 목선과 어깨선을 강조하고 싶어서였다. 머리를 풀지 않고 쪽 머리를 한 것처럼 묶은 것 역시 그런 이유에서였다. 다시 사무실로 향했다. 문을 두드렸다. 중년 남성의 목소리가 들렸다.

"들어오세요."

사무실 문을 열고 들어서자 한 남성이 컴퓨터 앞에서 무슨 작업을 하고 있었다.
'아, 저분이구나. 통화했던 그 목소리야.'
"안녕하세요. OOO PD님이신가요?"

남성은 의자를 내 쪽으로 돌렸다. 눈이 마주쳤다.
"아, 김지수 씨? 반가워요. 여기 앉아요."

그는 덩치가 컸고 짙은 파란색 야구 모자를 쓰고 있었다. 뿔테 안경에 베이지색 폴로 티셔츠와 면바지, 운동화, TV 드라마에 묘사되는 PD 모습 그대로였다. 짙은 눈썹과 뚜렷한 이목구비에 중저음의 목소리 그리고 정확한 발음이 인상적이었다. 특히 강렬한 눈빛이 예사롭지 않았다. 그의 카리스마에 내가 녹아 없어지는 것 같았다. 그는 연기자와 잠시 미팅이 있다며 잠깐만 기다려 달라고 했다. 나가서 기다리겠다고 일어서는 순간, 소파 팔걸이 앉았다는 사실을 깨닫고 당황했다. 그는 사무실에 있어도 된다면서 팔걸이 말고 이제 소파에 앉으라고 농담을 건넸다. 나는 끄트머리로 가서 꿈쩍도 하지 않고 있었다. 문 여는 소리와 함께 발랄한 목소리가 들리더니 한 젊은 여성이 들어왔다.

"감독님, 안녕하세요?"
"아, 자기가 맞네. 내가 단막극장에서 자기를 유심히 봤어."
"감사해요. 감독님."

PD는 앉으라며 의자를 밀어 줬다. 그녀는 소파 팔걸이가 아닌 의자에 앉았다.

"자기 발음이 좀 시원찮아. 그거 알아?"
"저 발음 정확하다는 얘기 많이 듣는데요. 왜 그러지?"
"사극은 발음이 정확해야 해."
"노력하겠습니다, 감독님. 입에 바둑알 넣고 볼펜 물고 연습할게요."
"하하하. 참 야무져서 좋다."

드라마에서 조연으로 주로 출연하던 20대 후반의 여성 연기자였다. 저렇게 싹싹한 모습은 태어나서 처음 봤다. PD와 대면하는 건데 어쩌면 저렇게 자신감이 넘치고 자기 자신을 적극적으로 어필할 수 있을까. PD가 발음을 문제 삼는데도 아랑곳하지 않고 본인 생각을 표현하면서 앞으로 개선하겠다고 말하는 걸 보면서 큰 충격을 받았다.

'왜 PD님은 연기자에게 자기라고 하지? 자기? 이쪽에서는 그리 말하나?'

누군가 내게 말을 걸었다.

"신인이세요? OOO 감독님 만나러 온 건가요?"
"아, 연기자 아니고 지망생이에요."
"오디션 보러 왔구나. 매니저 없어요?"
"매니저… 없는데요. 오디션 보러온 것도 아니고요."
"그래요? 감독님을 그냥 뵈러 온 거예요? 아, 그러면 감독님 눈에 들었나 보네. 대단하네요."

이 남성은 여성 연기자의 매니저였다. 그는 나의 대답에 당황하는 눈치였고, 신기한 듯 나를 바라봤다. 그녀의 매니저와 이야기를 나누는 사이 PD와 여성 연기자의 미팅이 끝났다. 그녀는 사무실을 나가기 전에 나를 유심히 바라보았다. 드디어 PD와 마주했다. 여성 연기자의 범상치 않은 발랄함에 기가 죽었지만, 마음을 굳건히 했다. PD는 내게 가장 먼저 왜 연기자가 되고 싶은지 물었다.

"다른 사람들의 인생을 살아 보고 싶어요. 다른 사람이 되어 희로애락을 표현한다는 건 신기하고 멋진 일이에요. 많은 사람이 제가 표현하는 인물을 통해 자신의 삶을 돌아보면 좋겠어요. 제 연기를 통해 세상을 보는 눈이 깊어지고 넓어진다면 얼마나 의미 있는 일이겠어요."

"너무 하고 싶어요. 무엇보다 제가 가장 잘할 수 있는 일이라고 확신해요. 연기하는 걸 생각만 해도 가슴이 뛰어요."

거침없이 내뱉었다. 제발 내 얘길 들어 달라고 하는 외침 같기도 했다. 그가 담배를 끄며 말했다.

"김지수 씨 말에 진정성이 느껴져요. 편지를 읽고 적지 않은 감동을 받았어요. 요즘 같은 세상에 이런 생각을 하는 친구도 있구나. 대부분 '신데렐라'를 꿈꾸거든요. 이쪽 일이 그리 마음 같지 않아요. 상처받을 일도 많고 뿌리치기 힘든 유혹도 많아요."
"각오했어요. 누구나 갈 수 없는 좁은 길인데, 그렇겠죠."
"김지수 씨 마스크는 선과 악이 공존해요. 연기자로서 큰 장점이에요. 또 하나, 얼굴에 깊은 한이 서려 있어요. 보통 사람들은 그걸 캐치하지 못하지만, 드라마 만드는 사람들은 그걸 잡아낼 수 있어요. 그 한이 연기자로서 성장하는 동력이 될 거예요. 우리 같이 일해 봅시다."

그는 하반기부터 해당 드라마에 투입될 주요 등장인물을 소개해 줬다. 나도 배역을 맡게 될 거라니, 꿈만 같았다. 그는 내가 익힌 호흡

법과 발성, 발음, 감정 잡기 등 연기와 관련된 모든 것을 잊어야 한다고 했다. TV는 연기자의 미세한 표정 변화, 숨소리 하나까지 모두 생생하게 전달하는 차가운 매체인데, 정통 사극에는 어려운 단어가 많이 나와 발성과 발음이 좋아야 한다고 강조했다. 그러면서 연극영화과 교수에게 집중적으로 개인 지도를 받자고 했다.

"제 연기를 지금 보여 드리면 안 될까요?"
"보여 주지 말아요. 감독은 연기자와 대화만 몇 마디 해도 알아요. 이 사람이 이런 연기에서는 어떤 표정으로 어떻게 멘트할지, 어디까지 가능성을 끌어올릴지 알 수 있어요. 아까 문 열고 들어왔을 때 느낌이 왔어요. 자기가 맡을 그 인물의 이미지는 자기와 정말 비슷해요. 우리는 늘 그런 걸 상상하거든요. 알려진 연기자의 경우 이 배역에 써야겠다 생각하고 캐스팅을 제안하지만, 신인 같은 경우는 달라요. 이 배역에 이런 이미지를 가진 신인을 발굴하면 좋겠다고 생각하면서 오디션도 보고 다른 드라마나 광고도 유심히 보죠."

나는 무언가에 홀린 것만 같았다.

"내가 어머니와 통화할 거예요. 개인 교습해 줄 교수는 나와 '호형호제'하는 사이예요. 나는 없는 시간 만들어서 그 교수가 있는 대학교에 가서 강의해 주고, 그 교수는 내가 추천하는 신인들에게 과외해 주는 품앗이 같은 거니까 부담 갖지 않아도 돼요. 자기는 호흡이랑 딕션이 좋아요. TV 사극에 맞게 다듬으면 되겠어요."

"지수 씨, 내가 지금 여기서는 참 자상해 보이죠?"

PD가 담배에 불을 붙이며 물었다.

"현장에서는 여자 연기자들이 나 때문에 많이 울어요. 자기도 각오 단단히 해야 할 거예요. 그런데 어쩔 수가 없어요. 제한된 시간과 비용, 인원으로 확인해야 할 것이 많은 정통 사극을 만들다 보면 그래요. 점잖게 대해 주는 것도 오늘이 처음이자 마지막이에요. (웃음) 현장은 정말 험해요. 다들 예민하죠. 자기처럼 신인이 비중 큰 역할을 맡으면 질투하는 사람들도 있고요. 그건 자기가 극복할 부분이에요. 나한테 하는 걸 봐서는 잘 견딜 거 같아요. (다시 웃음)"

사무실에서 나오자마자 공중전화 부스로 달려갔다. 요금 결제되는 소리와 함께 어머니 목소리가 들렸다.

"엄마, 나 캐스팅됐어. 하반기에 그 드라마에 투입된대."
"뭐라고? 그 PD가 너를 쓴대?"
"응, 맞아. PD님이 친한 연영과 교수님한테 개인 지도도 받게 해 주신대. 수업료 안 내도 된대."
"네가 출연한다는 거 확실한 거야? PD가 말한 거니?"

어머니는 이때도 침착하셨다. 여의도와 강남 고속버스터미널을 오가는 버스가 있는데도 지하철을 탔다. 이날의 감동을 지하철역에 몰리는 사람들 틈에서 느끼고 싶었기 때문이다. 언젠가 지하철 환승 통로를 지나고 있을 때 한 사람이 눈에 들어왔다. 들떴지만 가볍지 않은, '이게 바로 행복이야'라고 말해 주는 것 같은 미소를 지으며 걸어오는 여성을 보며 영화 속 주인공 같다고 생각했다. 단발머리에 배낭을 멘 여대생이었다. 그녀 어깨에 걸린 그림 넣는 화구통이 경쾌한 발걸음에 맞춰 춤을 추는 것 같았다. 마치 스포트라이트가 그녀를 비추는 것처럼 보였다.

PD와 첫 만남에서 캐스팅을 제의받은 그날, 나는 '주인공'이고 싶었다. 내가 실실 웃으며 걸어가든 통곡하면서 지나가든 사람들은 관심이 없겠지만, 그날만큼은 누군가가 나를 유심히 봐 줬으면 하는 마음이 들었다. 드디어 청주행 고속버스에 몸을 실었다. 일반 고속버스를 타려면 1시간 남짓 기다려야 하는데, 이날만큼은 곧 출발하는 우등 고속버스를 탔다. 버스가 출발하고 차창 밖 풍경이 눈에 들어왔다. PD와 나눴던 이야기를 하나하나 빠짐없이 떠올리고 또 떠올렸다. 속기사가 속기록을 작성하듯이 그렇게 거의 2시간 동안 대화 떠올리기를 쉼 없이 반복했다.

20년이 훨씬 지났는데도 그날 일이 생생하고 시간이 갈수록 더 선명해진다. 인생 최고의 날이었다. 업계 최고의 전문가가 나의 가능성을 알아봐 주고 꿈을 이룰 기회를 줬다는 사실에 깊이 감동했다. 간절히 꿈꾸고 노력하면 이 세상은 손을 내밀어 준다는 것을 깨달았기 때문에, 이날의 기억은 지금도 꿈을 향해 나아가는 원동력이 되고 있다. 앞으로도.

결론적으로 캐스팅은 무산됐다. 내가 맡기로 했던 역할은 미인대회 출신으로 현재 톱스타 반열에 오른 연기자에게 돌아갔다. 당시 몇 년간 활동을 쉬었던 그녀는 이 드라마를 계기로 복귀에 성공했고 연기력을 더욱 인정받게 됐다. 나중에 알게 된 사실이지만, 드라마에서는 촬영이 시작된 후에 출연자가 바뀌는 일이 가끔 있다고 한다. 나를 캐스팅했던 PD는 신인 발굴이라는 소신으로 밀어붙였다. 하지만 윗선에서는 비중이 큰 역할에 신인을 쓰는 건 위험하다고 판단해 결국 캐스팅이 무산됐다고 훗날 알게 됐다. 기자가 된 후에는 방송계의 생리(生理)를 잘 알게 됐지만, 20여 년 전의 나는 아는 게 없어 PD를 향한 원망이 컸다.

캐스팅 성공 여부를 떠나 그는 지금까지 그리고 앞으로도 은인(恩人)인데, 당시 나는 해서는 안 될 말을 내뱉었다. 책임지지도 못할 말을 그리 함부로 던질 수 있냐고 따지며 그의 마음을 아프게 했다. 그의 눈은 슬펐다. 왜 자기 마음을 몰라주느냐는 듯. 한눈에 반해 캐스팅한 그런 자신의 마음을 정녕 모르냐는 야속하고도 슬픈 눈빛. 그때 나의 이기심, 미성숙했던 모습을 생각하면 아직도 부끄럽다. 기회는 또 온다며 실력을 쌓으며 기다리라고 했지만, 어떤 말도 들리지 않았다.

아버지가 살아 계실 때 데뷔하는 모습을 보여 드려야 한다는 생각에 마음이 조급했다. 그런 내게 기적같이 찾아온 기회를 지켜 낼 힘이 없다는 게 슬펐다. '정통 사극의 교과서'로 평가받은 바로 그 드라마를 연출한 PD와의 만남이 이렇게 허무하게 끝날 수는 없다고 생각할수록 모든 게 부정적으로 보였다. 1년 후 아버지가 세상을 떠나셨고 당시 집안 사정 등 여러 이유로 연기자의 꿈을 접었다.

좌절할 수도 있었던 시기였지만, 한 사람의 삶을 알게 된 이후 다시 시작할 용기를 얻게 됐다. 바로 오프라 윈프리의 삶이다. 그녀를 처음 알게 됐을 당시에는 그녀의 화려한 이력에만 주목했다. 라디오 아나운서로 시작해 '미국 토크쇼의 여왕'이라는 자리에 오르고 영화에도 출연한 그녀를 보면서 희망을 품었다.

'나도 아나운서가 되어야겠다. 아나운서가 되면 연기할 수 있는 기회가 생길지도 몰라.'

그렇게 마음을 다잡고 방송사 입사 시험 준비에 열을 올리면서 차츰 그녀의 화려한 이력보다 '위대한 삶'이 눈에 들어오기 시작했다. 오프라는 자신의 커리어가 최고의 반열에 올랐을 때, 청소년기에 성폭행당한 사실을 공개했다. 이 같은 용기 있는 행동은 자신과 같은 고통을 겪는 사람이 생기지 않게 하려는 마음에서 비롯됐다. 결국 그녀는 '오프라 윈프리 법'으로 불리는 미국 국가아동보호법 시행을 이끌었다. 사회를 위해 자신의 상처를 고백한 그녀는 충격이자 감동이었다. 그녀를 알게 되면서 세상을 보는 시야가 확장되는 걸 처음으로 느꼈다. 그동안 나의 시야는 나 자신과 주변, 내가 원하는 미래에만 머물렀다. 그러나 이제는 달라졌다. 캐스팅이 무산된 것도 더는 '실패'가 아니었다. 상처는 깊었지만, 그 상처 자국은 젊은 날 도전에서 생긴 흔적, '훈장' 같았다. '이렇게 치열하게 도전했어. 그럼 된 거야.' 사고의 전환, 시야의 확장이었다.

첫 대형 사고 '상경'(上京)

"이게 배우로 세상과 마주한 첫 작품입니다."
"회사가 해 준 건 저를 뽑아 준 것 하나네요. 첫 직장입니다."
"널 어떻게 잊겠니. 네가 나의 첫사랑인데."

'처음'이란 말이 좋아서 한때 소주를 특정 제품만 마신 적이 있다. '처음'은 설렘과 기분 좋은 긴장감을 주는 단어다. 첫 직장, 첫 만남, 첫 작품…. 인생에서 처음 시도한 경험마다 이처럼 단어가 파생된다. 지금도 내 가슴을 설레게 하는 건 '첫차'다. 가수 방실이가 부른 노래 〈첫차〉가 아니다. 그 노래도 좋아하지만, 내 가슴을 뛰게 해 주는 건 1996년 12월 새벽에 올라탄 '서울행 첫차'다. 그날의 서울행 첫차 탑승은 큰 용기가 필요했고 막중한 책임이 뒤따르는 것이었다.

청주발 서울행 첫차에 오른 그날, 인생에서 처음으로 온전히 홀로 내린 결단을 실행했다. 당시 대입 특차에 합격한 경우 정시 모집에 응시할 수 없다는 규정을 이용해 인생 첫 '대형 사고'를 쳤다. 서울에 있는 대학교에 진학하고 싶은 바람은 투병 중이던 아버지도 눈에 들어오지 않게 했다. 특차로 합격하면 서울로 떠나는 나를 부모님도 말릴 수 없을 것이라는 계산이었다. 사실 깊은 병중에 계신 아버지, 아버지를 24시간 간병하시는 어머니 곁을 떠나면 안 되는 상황이었다. 하지만 서울로 가서 꿈을 향해 나아가고 싶은 마음이 간절했다.

원서가 든 갈색 대형 봉투를 가슴에 품고 서울행 첫차에 올랐다. 지독한 이기심의 발로였다. 엄청난 사고를 치는 건데도 마음은 죄책감보다 비장함으로 가득 찼다.

꿈을 꾸는 게 사치로 보일 만큼 나를 둘러싼 상황은 좋지 않았다. 하지만 그날 서울행 첫차에 오른 용기가 없었다면 오늘의 나는 없을 것이다. 그날의 기억은 20년이 훨씬 지난 지금까지도 현실에 안주하고 싶을 때마다 나를 흔들어 댄다. 20여 년 전 꿈을 향해 간절히 품었던 그 마음을 잊었냐면서. 이렇게 현실에 주저앉을 거면 그날의 결단은 뭐냐고.

숨이 턱 막힐 정도로 차가운 새벽 공기가 좋아진 것도 그때부터다. 원서가 들어 있는 큰 봉투를 가슴에 품고 청주 고속버스터미널로 향하던 그날, 겨울 새벽 공기의 찬 기운에 몸이 얼어붙어서인지 심장 박동이 느껴졌다. 누군가 말을 건네는 것 같았다.

'느껴지지? 이렇게 가슴이 뛰는 삶을 살아.'

얼굴에 어떤 감각도 느껴지지 않을 만큼 추웠는데도 장갑을 끼지 않았다. 불안해서였다. 장갑을 착용하면 손가락 느낌이 무뎌져 원서가 들어 있는 봉투를 떨어뜨려도 알아차리지 못할 것 같았다. 한파를 온몸으로 견디며 비장함을 더하고 싶은 마음도 있었다. 해이해질 때마다 이른 새벽에 집을 나서는 습관도 이때 생겼다. 출근 시간이 몇 시간 남았는데도 새벽에 나가 마음을 다잡고 회사나 출입처로 향하게 된 것도 이런 습관 때문이었다. 차디찬 공기 속으로 나를 집어넣으면 눈, 코, 입 그리고 수많은 땀구멍 등을 통해 찬 기운이 순식간에 내 몸으로 침투하는 느낌이 좋았다. '서울행 첫차'에 오르던 그날의 기분이 들었다. 그때의 내가 곁에서 응원해 주는 것 같았다.

당시 상경(上京)은 개인으로서는 꿈을 위해 내린 엄중한 결단이었지만, 자식으로서는 큰 불효였다. 젊은 날의 패기는 어떤 것도 보이지 않게 했다. 서울행 첫차에 올라탈 때 머릿속에는 오직 나의 미래만 존재했다. 서울에 있는 대학교에 특차 합격해 집에서 가까운 곳에 있는 대학교 정시에 원서를 낼 수 없다는 소식을 어머니에게 전했을 때 수화기 너머로 깊은 한숨이 들렸다. 부모님께 저지른 불효를 생각하면 어떤 시간도 허투루 보낼 수 없었다. 더 열심히 더 악착같이 살지 않을 수 없었다. 시간을 허비해서는 안 된다는, 시간을 낭비하면 내 인생에 죄를 짓는 것이라는 생각이 자리 잡은 것도 이때였다. 공부할 수 있는 시간도 꿈을 향해 나아갈 수 있는 시간도 부모님의 희생이 있었기에 가능했다는 사실은 나를 노력형 인간으로 만들었다. 대학 생활 내내 물 샐 틈 없이 시간을 관리하게 했다. 과외 아르바이트로 10여 명을 가르치느라 공부할 시간이 부족했지만, 하루를 10분, 30분 단위로 쪼개서 관리했다. 단 5분도 허비하지 않기 위해서였다.

2009년 가을, 이직 문제를 두고 고민에 빠졌을 때 회사 옥상에 올라가 서울 시내를 내려다볼 때가 많았다. 답을 알고 있으면서도 '무모한 도전은 아닐까' 머뭇거리는 나날이었다. 전문성을 키워야 한다는 이유 하나만으로 그동안 쌓은 경력을 뒤로하고 새로운 출발을 해야 할 때였다. 현실에서 느끼는 안락함을 포기하기도 쉽지 않았다.

그러던 어느 날 옥상에서 내려다본 차로에서 한 문장이 눈에 들어왔다. 신호 대기로 멈춘 시내버스에 붙어 있는 광고 카피였다. "생각대로 해. 그게 답이야." 많이 봤던 광고 문구였는데 누군가가 귀에 대고 말해 주는 것 같았다. 용기가 났다. 평생 후회하느니 시도해 보자. 도전을 두려워하지 말자. 설사 결과가 좋지 않더라도 열심히 한다면 무언가 남는 게 있을 거라고 생각했다. 경험만큼 값진 건 없다고 믿었기에. 그때 용기를 낼 수 있었던 건 '서울행 첫차'에 올랐던 경험 덕분이었다. 오롯이 홀로 내린 결정을 책임지는 게 생각만큼 두려운 일이 아니라는 걸 알았기 때문이다.

'1만 시간의 법칙'이 만들어 준 '방송용' 목소리

"기자님, 방송하실 때 목소리가 평소와 완전 달라요!"

'1만 시간의 법칙'이란 게 있다. 어떤 분야에서 전문가가 되려면 최소한 1만 시간의 훈련이 필요하다는 것이다. 1만 시간은 매일 3시간씩 훈련하면 약 10년, 하루 10시간씩 투자하면 3년 정도 걸린다고 한다. 나도 '1만 시간의 법칙'만큼을 투자했다고 말할 수 있는 게 있다. 바로 '방송용 목소리를 만든 것'이다.

누군가와 친분이 생기면 저 말을 어김없이 듣게 된다. 어떤 사람들은 평소나 방송에서나 목소리 차이가 없는데, 나의 경우 차이가 확연하다. 방송을 진행할 때 두성(頭聲, head voice)을 사용하기 때문이다. 두성이란 머리 전체, 코안의 높은 곳을 울려서 내는 소리다. 감기에 걸려도 방송에서는 거의 티가 나지 않는다.

내 방송 목소리가 듣기 편안하고 주의를 집중시킨다는 데 자부심이 있다. 왜냐하면 방송기자에게 '오디오'란 생명과 같아서다. 방송기자가 자신이 쓴 기사를 소리 내 읽으며 녹음하는 오디오(내레이션)는 시청자와 스킨십하는 부분이다. 시청자는 방송기자의 오디오를 들으면서 뉴스를 이해하기 시작한다(물론 방송 영상이 차지하는 부분도 매우 크다. 가령 TV 음량을 줄여 놓고 뉴스를 시청할 때는 영상과 자막만으로도 내용을 파악할 수 있다).

두성을 내기까지 20대 초반부터 5~6년간 혹독하게 훈련했다. 방송 아카데미 아나운서 과정을 수료하면서 6개월간 아나운서와 성우에게 발성과 발음, 방송 리딩 등을 배웠다.

나는 지독한 '연습벌레'로 통했다. 수업 시작 최소 1~2시간 전에 도착해 방송 실습실의 불을 켜고 들어가 아무도 없는 곳에서 연습했다. 방송사 실기 시험이 치러지는 곳과 흡사한 이곳의 분위기에 최대한 익숙해지게 했다. 저 카메라 뒤에 심사위원들이 앉아 있다고 상상했다. 이곳을 다닐 때 가장 좋았던 건 현직 아나운서들한테 평가받을 수 있었다는 점이다. 내게 맞는 보이스 컬러와 톤을 찾기 위해 녹음기에 똑같은 문장 세 개를 다른 톤으로 녹음한 뒤 아나운서들에게 들려줬다. 신기하게도 이들이 가장 좋다고 지목한 톤이 일치했다. 지금 생각해 보면 징그러울 정도로 이들을 귀찮게 했다. 수업이 끝난 직후에는 동기들도 질문하기 때문에 눈치가 보여 아나운서 강의가 있는 날에는 주로 주차장에서 기다렸다가 질문했다. 기자가 된 후에 여의도 한 미용실에서 머리를 자르고 있는데 지도해 주셨던 한 분을 만났다. 아카데미를 졸업하고 10여 년이 흘렀을 때라서 기억하지 못하리라 생각했다.

"안녕하세요. 예전 방송아카데미에서 수업 들었던 김지수입니다."
"낯이 익어… 누구더라."
"제가 주차장에서 기다렸다가 질문하고 선생님 많이 괴롭혔는데…."

"아, 생각난다 생각나. 지수! 맞아."

"정말 감사했어요. 저 아나운서 대신 기자가 됐어요. 기자가 됐지만 의학 방송도 하고 있어요, 선생님."

"야, 넌 내가 뭔가 될 거라고 했잖아. 주차장에서 나 기다리고 있을 때 무서웠어, 흐흐흐…. 기자가 더 어울린다. 명함 줘 봐!"

아카데미 교육 과정이 끝나고부터는 자신과의 싸움이었다. 3년 정도는 하루 4시간씩 거의 매일 큰 소리로 뉴스를 낭독했다. 다행인 건 내가 낼 수 있는 가장 고급스러운 톤을 알고 있었다는 점이다. 그 톤을 이용해 정확한 발음, 단어의 음가(音價) 하나하나를 정확하게 살리려고 노력했다. 내가 두성을 이용해 소리를 낸다는 걸 처음 알게 된 건 라디오 방송사 기자로 채용됐을 때였다. 아나운서 선배와 성우는 방송에 나오는 내 뉴스 리포팅을 듣고 두성을 사용하는 기자는 보기 드문데 자만하지 말고 계속 실력을 키워 나가라고 조언해 줬다.

아나운서 준비생으로서 신문 기사를 방송 뉴스로 바꿔 매일 낭독하는 건 반드시 해야 하는 '기본'이지만 고된 일이었다. 정확한 발음으로 속도감 있게 전달하는 건 많은 연습이 필요했다. 학교 빈 강의실에서 최소 3시간 이상 집중해서 연습했다. 앵커가 한 번에 쭉 전달하는 30초 안팎의 스트레이트 기사를 분야별로 연습했다. 잘되지 않는 발음이나 어미 처리가 어색한 부분은 메모해 뒀다가 방송사 아나운서실에 전화해 물어보고 답을 얻었다.

"선생님, '주의하다' 할 때 '주의'요. 사전에 찾아보면 '주'자가 장음이고 '주:의하다', '주:이하다' 두 개 모두 발음이 바르다고 돼 있는데요. 저는 '주:이하다'가 발음하기 편한데, 사람들은 '주:의하다'만 표준 발음으로 생각하는 경우가 많은 거 같아요. 제 주변에서도 그렇고요. 방송사 시험에서 '주:이하다'로 발음해도 괜찮은 거겠죠? 아나운서분들이 심사위원이니까 다 아시겠지요?"

"하하하, 별거를 다 걱정하네요. 학생이라고 했죠?"

"네, 저는 김지수입니다."

"심사위원으로 들어가는 사람들은 방송 경력이 수십 년 된 사람들입니다. 표준 한국어를 공부하고 연구하는 사람들인데 그 정도는 다 알지요. 사전에 나와 있는 대로 준비하세요. 잘 모르겠다 싶으면 국립국어원도 있고, 뭐 이런 식으로 전화해서 물어봐도 좋고요."

빈 강의실에서 앵커처럼 뉴스를 큰 소리로 읽다 보면 체력적으로도 지치지만, 정신적으로도 힘들었다. 들어주는 사람 하나 없는 곳에서 뉴스 한 꼭지를 한 시간 이상 읽다 보면 외로움이 밀려들었다. '헛수고하는 거 아닌가', '과연 해낼 수 있을까' 온전히 혼자인 시간이었다. 외로움을 이겨 내고 몰입할 수 있었던 건 꿈 때문이었다. 이렇게 뉴스 리딩을 꾸준히 집중력 있게 훈련하는 것 외에도 틈나는 대로 예독 없이 읽는 연습을 했다. 어떤 원고든 막힘없이 한 번에 읽어 내려가는 능력을 키우는 데 큰 도움이 됐다. '내가 있는 곳은 어디든 연습실'이라는 마음으로 길을 걸을 때는 건물 간판, 도로 이정표, 버스 광고판, 현수막을 비롯해 눈에 들어오는 모든 글자를 큰 소리로 읽었다. 글자가 눈에 띄는 대로 소리를 내 연습하는 것이다.

버스나 지하철에서 연습하는 것도 장점이 있었는데, 중얼거리듯 작은 소리로 정확하게 발음하는 것을 훈련할 수 있었다. 길거리와 달리 승객들이 옆에 있어서 큰 소리를 낼 수 없다는 점은 입을 크게 벌리지 않은 채 소리를 작고 명확하게 낼 수 있도록 단련시켜 줬다. 입을 크게 벌리지 않고도 혀의 움직임이 자유로워져 소리를 정확하게 낼 수 있다는 점이 신기했다. 신문 활자를 비롯해 글자로 형상화된 것들이 나의 몸을 통해 방송용 음성 언어로 바뀌는 과정을 수없이 반복하면서 어느 순간 뉴스 리딩에서 자유로워질 수 있었다.

"김지수 씨는 좋겠어. 뉴스에서 목소리가 반은 먹고 들어가니 목소리 타고난 것도 복이야." 이런 소리를 정말 자주 듣는다. 예전에는 남 사정도 모르고 말하는 사람들 때문에 짜증이 났다. '이 소리를 내기 위해 얼마나 노력했는데, 목소리 타고났다고? 그냥 날로 먹었다고?' 지금은 그냥 웃는다. 어떻게 모든 사람이 나의 속사정을 알 수 있겠는가. 어쨌거나 사람들이 듣기 좋다고 하니 그런 톤을 찾아서 다행이고 감사할 뿐이다.

'노하우'를 공유하고 싶은 마음도 커졌다. 적지 않은 시간 방송을 해 온 아나운서나 기자인데도 본인이 낼 수 있는 최고의 목소리를 찾지 못한 경우가 있다. 목소리가 너무 허스키하고 쇠가 긁히는 것 같은 느낌이 나더라도 복식호흡과 두성을 활용하면 안정된 소리로 만들 수 있다. 톤을 잘 잡아 많이 연습하면 톤이 체화(體化)되면서 다른 소리가 난다. 목소리의 색깔은 바뀌지 않더라도 톤을 비롯한 분위기는 변화될 수 있다는 말이다.

안정된 톤이 어떤 것이며 본인이 낼 수 있는 목소리의 여러 톤 중에서 어떻게 알 수 있냐고 묻는다면, 많이 시도하고 분석하라고 말하겠다. 나도 가장 안정된 톤을 찾기 위해 많이 시도하고 분석했다. 안정된 톤이란 듣는 사람뿐 아니라 소리를 내는 사람도 편한 톤이다. 오랜 시간 뉴스를 크게 읽더라도 목이 아프지 않은 상태, 그 '톤'이면 듣는 사람들도 편하다. 목이 아프지 않다는 건 배에 힘을 줘 복식호흡을 통해 소리가 나기 때문이다. 자신이 내는 소리뿐 아니라 소리가 나올 때 기도(氣道)와 입안의 상태가 편안한지 신체의 미묘한 변화까지 세심히 관찰하고 분석해야 한다.

1~2년 전 방송된 내 뉴스 리포트를 들어보면 그때는 들리지 않았지만, 지금은 거슬리는 것들이 있다. 당시 녹음할 때는 이 정도면 내가 할 수 있는 최선의 리포팅이라고 생각했다. 하지만 시간이 흐른 후 개선해야 할 점이 귀에 들리기 시작했다. 더 좋은 소리를 감별하는 능력은 내 소리가 개선되어야만 키워진다는 것을 알게 되었다. 방송을 하는 한 훈련은 멈출 수가 없다. 오늘도 길을 걸으며 눈에 들어오는 글자를 소리 내 읽는다.

"투뿔 한우 새우살 채끝살 반값 할인."

"금이빨 삽니다. 1g당 만 육천 원."

"특 사시미 코스 1인 삼만 원."

스펙 대신 '특별한' 스토리가 먹히는 곳이 있다

"OOO 자녀 편입 때 '아빠찬스' 의혹 확산…'특혜 없다' 해명"
"OOO 청문회서 '아빠찬스' 공방전 끝 파행…OOO 사태도 소환"

몇 해 전 우리 사회를 뒤흔든 장관 후보자 자녀의 입시 부정 의혹이
터지기 전까지만 해도 나의 이력을 공개하는 데 큰 부담이 없었다.
나의 사례를 통해 '이렇게 하나씩 경험을 쌓으면서 원하는 일을 하게
된 사람도 있구나', '대단한 이력을 가진 사람도 아닌데 큰 언론사에
입사했어. 비결이 있었을 텐데, 그게 뭘까?'라는 희망을 줄 수도 있
으리라 생각했다. 그러다가도 나의 경험을 고백하는 게 무슨 의미가
있을까 회의적이기도 했다. 하지만 누군가는 나의 이야기를 듣고 위
로받고 용기와 힘을 얻을 것이라는 생각에 나 또한 용기를 내 본다.
우리 사회는 정직과 성실의 가치를 높이 평가하고 저마다의 꿈을 향
해 나아가는 사람이 훨씬 더 많기 때문이다.

"자신만의 특별한 '스토리'를 만드세요!"

20여 년 전 절박함이 만들어 낸 용기는 오늘날 나를 만들었다. 용기
란 도전하는 직종의 업무수행능력에 살아온 삶의 일부를 연결하는
걸 말한다. 예를 들면, 나의 경험 중 기자의 업무수행능력에 도움이
되는 게 분명히 있다고 믿고 이를 발굴해 '특별한' 스토리를 만드는

것이다. 남들은 그냥 넘길 만한 평범해 보이는 경험이라도 세밀히 들여다보면 특별한 게 있기 마련이다.

대학 시절 경험이라고는 4년 내내 10여 명을 대상으로 매일 과외 아르바이트를 한 게 전부였다. 기자가 되면 다양한 분야와 계층의 사람들과 만나 소통해야 한다는 직업적 특수성에 주목했다. 그러자 과외 아르바이트 경험과 연결할 부분을 찾기 쉬웠다. 소통! 부모님 연배의 학부모, 나보다 최소 15~20세 연상의 학부모와 소통했던 경험은 기자의 기본 자질인 소통 능력에 도움이 될 수밖에 없다는 논리를 폈다. 특히 사회성이 떨어지는 아이를 맡게 됐을 때 학부모의 마음과 아이의 처한 상황을 헤아리기 위해 노력한 경험은 기자로서 인터뷰이(interviewee)의 마음을 여는 데 필요한 '공감' 능력을 키우는 데 도움이 됐다고 자기소개서에 기술했다. 초·중·고교 아이들과 눈높이를 맞추며 진심으로 가르친 것도 수많은 취재원을 상대해야 하는 기자로서 역량을 갖추는 데 보탬이 될 것이라고 했다. 과외 경험과 기자 업무수행능력 간 연결고리는 또 있었다. 공부할 시간이 부족해 하루를 10분, 30분 단위로 쪼개 허비하는 시간이 없도록 관리해 왔다는 사실이다. 이 점은 업무량이 많아 매 순간 선택과 집중을 할 수밖에 없는 기자직에도 장점이 될 것이라고 피력했다.

기자는 누구를 만나더라도 당당하게 질문해야 하고 때로는 취재원을 '제압'(?)해 대화를 이끌어가면서 정보를 얻어 내야 하는 만큼 적극적인 성향을 보여 줘야 했다. 그리고 도전 정신이 강하다는 걸 어필하기 위해 연기자가 꿈이었을 때 지상파 대하드라마에 캐스팅됐던 일화를 소개했다. 여기서 중요한 건 내가 PD에게 먼저 연락을 취해 캐스팅으로 이어지게 했다는 점이다. PD에게 연락해 만남으로 이어지게 했고, 일개 지망생이 비중이 큰 역할에 캐스팅되기까지 과정을 보여 줌으로써 기회는 주어질 때까지 기다리는 게 아니라 자신이 만드는 것이라는 삶의 철학을 강조했다. 한 번 더 강조하지만, 도전하는 일의 특성과 자신이 이력으로 내세우는 경험의 연결고리를 심사위원들에게 납득시키는 게 중요하다.

"꿈과 연결될 수 있는 경험을 쌓으세요!"

지난 삶에서 임팩트 있는 경험 중 지원하는 직종과 어울리는 것들을 골라 자기소개서에 잘 담아야 한다. 그런 경험이 없다고 단정하지 말고 자신의 삶을 계속 들여다봐야 한다. 계속 생각하고 분석하고 고민해야 한다는 말이다. 우선 지난날 경험 가운데 조금이라도 관련이 있다고 생각하는 것들을 기록하자. 처음에는 잘 보이지 않을 수도 있다. 그러나 계속 시도하면 예전에는 보이지 않았던 것 가운데 보이는 게 있기 마련이다. 같은 책이라도 1년 전 읽은 것과 지금 읽었을 때 느낌이 다른 것과 같은 이치다. 이 작업을 지속해야 한다. 어떻게든 연결되는 게 있다. 결국 자소서를 잘 쓰려면 자신의 꿈이 얼마나 간절한지, 꿈을 위해 어떤 노력을 기울이고 있는지 끊임없이 생각하고, 자신을 관찰하고 분석하는 과정이 꼭 필요하다.

기자직에 지원하면서 미디어와 관련된 다양한 경험을 쌓기 위해 노력한 점을 강조했다. 모교 홍보모델 선발대회에 참가해 두 번의 도전 끝에 가장 높은 점수로 뽑힌 경험, 지상파 방송사 보도국에서 기획 리포트 아이템을 찾고 관련 자료를 조사하고 기자 취재를 어시스트(assist)했던 리서처(researcher) 경험, 방송아카데미 수료 때 수료생 3명에게만 주어지는 성적 우수상도 받고 아나운싱(announcing)을 교육했던 현직 아나운서와 성우로부터 빠른 발전 속도를 인정받았던 점을 부각했다. 자소서에 경험을 쓸 때는 구체적이지만 늘어지는 느낌이 들지 않도록 신경 써야 한다. 심사위원이 한두 문장을 읽더라도 지원자가 어떤 노력을 기울였는지 머릿속에 그릴 수 있도록.

입사 시험을 준비하면서 책이나 학원, 방송아카데미 수업에서 해결되지 않는 부분은 기자와 아나운서에게 이메일을 보내 물어보고는 했는데, 이런 것까지 자소서에 인용했다. 돌이켜보면 당시 목표를 위해 시도했던 모든 것이 자소서에서 도전, 열정, 에너지 등 내 성향을 보여 주는 소재가 되기 충분했고 그런 걸 잘 활용했다.

"'실패'에서도 취할 걸 취하세요!"

대학 시절 학점은 언론사 입사 지망생치고 높지 않았다. 면접에서 심사위원이 이 점을 지적하면 나는 정면 돌파를 선택했다. 학업에 집중할 수 없었던 이유가 게으름이 아닌 당시 처했던 특수한 상황 때문이었다고 답했다. 엄연한 사실이지만 면접장에서 주눅 들기 쉬웠다. 물론 대학생의 본분은 학업이지만 집안을 위해 일해야만 하는 사정이란 것도 있으며, 그 시간도 헛되지 않았다는 점을 심사위원들이 이해할 수 있게끔 말했다.

"심사위원 선생님들도 집에서 아버지잖습니까. 잠시 아버지 관점에서 저를 봐 주신다면 제 상황을 이해하실 수 있을 거라 믿습니다."

소홀했던 학업과 관련해서는 입사 후 만회할 기회를 꼭 만들겠다고 밝혔다. 전략이 통한 곳도 있고 그렇지 않은 곳도 있었다. 그대로 밀고 나가는 수밖에 없었다. 언젠가 내 이력의 가치를 제대로 평가해 주는 곳이 있을 것이라는 희망을 버리지 않았다.

어떤 시행착오든 의미 없는 건 없었다. 무척 입사하고 싶은 곳에서 탈락했을 때 인사 담당자에게 연락해 어떤 점을 보완하면 좋을지 물어보고 조언을 구한 적도 있었다. 황당하다는 반응과 함께 단칼에 거절한 곳도 있었지만, 현실적으로 조언해 주는 이들도 있었다. 한 언론사 인사 담당자는 지원자 개인의 역량이 뛰어나더라도 회사 입장에서는 조직에 잘 적응하고 함께 일할 수 있는지를 평가하는 부분이 크다고 말해 줬다. 이들과 대화를 통해 회사 사보, 정기간행물을 구해서 보는 것도 도움이 될 거라는 팁을 얻게 됐다. 두드리면 열릴 것이라는 마음으로 시도할 수 있는 건 모두 다 시도했다.

시험에서 떨어지는 과정에서 얻게 되는 것들도 상당했다. 경험만큼 자신을 발전시키는 것은 없었다. '실패를 경험'함으로써 자신의 부족한 점을 직시하고 보완해야 할 점이 무엇인지 알게 되는데, 이런 깨달음 또한 실패를 겪고서 얻었다. 노트 한 권을 마련해 불합격할 때마다 이번 시험의 특이점, 나의 미흡했던 점과 다음 시험에서 보완할 부분은 무엇인지 분석해 정리했다. 합격한 사람들이 쓴 수기가 방송아카데미 등에 게시되는 경우가 있는데, 이를 참고하고 의지가 약해질 때마다 들여다보며 마음을 잡았다. 그리고 합격자들의 이메일을 알아내 궁금했던 점을 물어보고, 자기소개서를 첨부해 보내면서 이들로부터 '코멘트'를 얻어 내기도 했다.

돌이켜보면, 어떻게 저런 용기를 냈을까 놀랍기도 하고 당혹스러운 부분도 있다. 너무 간절했기에 앞뒤 안 가리고 달려들 수 있었다. 또 하나, 결국 이 모든 건 사람의 '마음'을 얻는 일이라고 믿었던 것 같다. 아무리 입사 문턱이 높은 언론사라도 심사는 결국 사람이 하는 것이라며 스스로 다독였다. 나 자신이 심사위원 입장이 되어 이력서와 자소서를 객관적으로 볼 수 있어야 한다는 생각에 당시 접촉할 수 있는 언론사 관계자들에게 평가를 부탁했다. 그런 과정을 통해 공통으로 지적되는 부분을 개선했다.

살다 보면 어쩔 수 없이 겪어야 하는 일들이 있다. 결코 피할 수 없으며 노력으로 바뀌지 않는 특수한 상황을 우리는 운명이라고 여긴다. 운명은 우리를 불리한 상황에 놓이게 할 때도 있고 반대로 수월

한 쪽으로 이끌 때도 있다. 중요한 건 어떤 운명이든 자신이 주인이
라는 사실을 잊지 않은 채 두려움 없이 나아가야 한다는 사실이다.
출발점이 불리하다고 꿈을 포기할 수는 없지 않은가.

마흔여섯에 폴댄스 도전, 실패에 대처하는 자세

폴댄스 학원 강사가 오른쪽 다리오금을 폴에 걸고 오른팔을 폴에 대고 있다. 분명히 그랬는데, 회전 후 쭉 뻗은 두 다리가 바닥과 평행을 이룬다. 폴을 잡은 두 팔이 떨리면서 근육과 힘줄이 선명하게 드러난다. 중력을 거스르는 고통이 어떤지 보여 준다. 강사의 몸짓과 표정은 우아했지만, 근육의 떨림은 무서웠다. 경이로움과 두려움이 교차했다.

'저건 백조야. 백조가 우아함을 뽐내는 건 물 위에서야. 물 아래에서는 쉴 새 없이 발을 움직이잖아. 모터가 도는 것처럼.'

폴댄스 학원 문을 두드린 건 좌절감을 느낄 때 절망에 빠지지 않기 위해서였다. 싫어하고 소질이 없는 것을 배운다면 좋아하는 일에 도전하는 게 얼마나 행복하고 감사한 일인지 깨달을 수 있으리라 생각했기 때문이다.

내 인생은 도전의 연속이었건만 에세이 출간 계약이 몇 차례 실패하면서 좌절감을 느꼈다. 수년 전부터 출간을 준비해 왔지만, 계약이 성사되려고 하면 엎어지기 일쑤였다. 계약을 코앞에 두고 매끄럽지 못한 과정에 상처받는 일도 있었다. 오랫동안 기자 생활을 해 온 나로서는 자존심도 상했다. 자신감을 다시 찾아야겠다는 생각 하나로 폴댄스 학원으로 향했다.

첫 수업, 나는 입문반, '왕초보'반이다. 수업은 10명 이내라고 하는데 아무도 오지 않았다. 균일한 간격으로 세워진 투명한 은색 폴이 내 몸을 고문할 도구처럼 느껴졌다. 그때 한 명이 들어왔다. '와우, 이건 아메리칸 스타일인가? 소 핫!' TV에서 봤던 그대로다. 브라톱에 핫팬츠를 입고 있는데 파격적이다. 또 한 명이 들어온다. 우리 집 반려견이 입을 만한 사이즈의 의상 같은데 다 들어간다. 폴댄스는 피부와 폴의 마찰력을 이용하는 특성상 노출이 많은 의상을 입어야 부상을 막을 수 있다. 처음 보는 광경이라 놀라울 뿐이었다. 내 옷을 보니 민소매 셔츠에 반바지다. 배도 볼록 나오고 엉덩이도 나오고 몸이 '엠보싱' 처리가 된 휴지처럼 볼록볼록하다. 세련된 그녀들 사이에서 어리벙벙했다. 강사가 들어왔다.

'저 사람은 그때…'

수강 신청한 날, 강사 몇 명이 한자리에 있었다.
"저처럼 나이 많은 사람이 해도 괜찮을까요. 다들 젊으신데요. 제가 괜히 수업에 방해되지 않을까 걱정되네요."

이때 강사 한 명이 대화에 끼어들었다.
"우리 학원에 45세 어머니도 다니고 계세요. 몸이 얼마나 유연하신지 몰라요."

그러자 선배 강사가 그녀의 말을 끊었다.

"지수 님, 충분히 스트레칭할 거고요. 주의사항 잘 알려드릴 테니 걱정하지 마세요. 그날 뵐게요."

45세 '어머니'도 다닌다며 나를 위로해 준 강사는 내 수강 카드를 봤다. 주민등록번호를 확인한 것 같았다.

"정말 죄송해요. 지수 님. 너무 젊어 보여요."

"아, 아녜요. 하하하. 괜찮아요. 저번에 병원 갔는데도 직원이 '어머니'라고 하더라고요. '어머니'라는 말은 좋은 거죠. 정감 있고요. 하하하."

첫 수업, 강사는 지난번 일이 미안한지 신경을 많이 써 줬다. 스트레칭으로 '웜업'하는데 이런 고난도 스트레칭은 처음이었다. 15분 정도 스트레칭이 끝나고 나니 어질어질 정신이 없다. 손에 미끄럼 방지 그립제를 바른 후 폴 앞에 섰다. 왕초보 입문반인데도 수강생들이 '선배'들처럼 느껴졌다. 강사가 먼저 동작을 시연한 다음 다 같이 해 보고 한 명씩 돌아가면서 동작을 선보이게 했다. 알려 준 요령대로 동작을 따라 해 보니 얼추 뭔가 비슷해졌다. 수강생들은 폴을 탔지만 나는 죽기 살기로 폴에 매달리는 모습이었다. 어떤 동작을 시도하더라도 팔과 다리를 지나 어깨와 등까지 살과 근육, 뼈가 분리되는 듯한 고통이 느껴졌다. 찢기는 듯한 통증에 '아아악' 곡소리가 절로 나왔다.

'왜 사서 이런 고생을 하는 것일까. 출간 계약 어그러졌다고 미쳐도 단단히 미친 것 같아.'

50분 가까이 되는 수업이 끝나니 한 여름철 흘릴 땀을 몽땅 쏟아 낸 것 같았다. 폭염에도 땀을 흘리지 않는 체질인데, 몸속 세포들이 '비상사태'를 선포한 게 분명했다. 땀에 젖은 내 몸을 마룻바닥에 패대기쳐 놓고 '미친 게 분명해. 내가 미치지 않고서야' 하고 자책하고 있을 때, '우아한' 그녀들은 그날 배운 동작을 선보이며 서로 동영상 찍기에 바빴다. 인스타그램에 올리기 위해 불빛까지 은은한 조명으로 바뀌었다.

'젊음이 역시 좋다. 다들 멀쩡해.'

집에 가려고 버스에 올라타니 운전기사가 백미러로 나를 흘끔 보며 어디 아프냐고 물었다. 태풍을 맞은 사람처럼 무언가에 흠뻑 젖은 상태인데 옷만 '정상적'이다. '칼정장'에 하이힐, 스카프까지 맸으니 이상하게 보일만 했다. 기어가다시피 간신히 집에 도착해 정신 나간 사람처럼 현관에 들어서는 나를 보며 어머니가 말씀하셨다.

"왜 하필 폴댄스냐. 이러다가 공황장애 오면 어떡하려고. 내일 출근할 수 있겠어?"

글쓰기 자신감을 찾기 위해 시작한 폴댄스인데 수업 중에는 자신감이고 뭐고 생각할 겨를이 없고, 귀가 후에는 그냥 기절이었다. 쓰러져 있는 나를 보며 반려견도 한심하다는 듯 혀를 차고 지나가는 것 같았다. 이 정도로 힘들 거라고는 상상하지 못했다. 운동을 싫어하고 체력도 좋지 않지만, 정신력 하나는 자신 있다며 나를 과신했다. 다음번 수업에 가려는데 마음이 무거웠다.

'이렇게 스트레스를 받으면서 꼭 해야 하나. 이걸 하면서 고통을 느낌으로써 글쓰기 자신감을 찾겠다는 발상 자체가 이상한 거 아닌가? 정녕 나는 또라이인가? 가학적인 걸 좋아하는 건 아니겠지? 아무래도 글 때문에 스트레스를 많이 받으면서 머리가 좀 이상해진 거 같아.'

내 논리마저 의심하는 지경에 이르렀다. 다음 수업에 빠지면 '나이 많은' 언니가 첫 수업 후 나가떨어졌을 거라고 수강생들이 생각할 것 같았다. 약도 올랐다.

'나도 20대에는 무용과 다니냐는 소리 지겹게 들었지. 지금은 몸이 여기저기 엠보싱 처리한 듯 볼록볼록하지만…. 가자! 학원으로.'

첫 수업 이후 근육을 제대로 풀어 주지 않은 탓인지 사극에서 죄인을 고문할 때 등장하는 주리, 그 주리를 다리뿐 아니라 몸 전체에 튼 것 같았다. 코로나 시국임이 얼마나 감사했는지 모른다. 마스크로 내 일그러지는 표정을 감출 수 있었으니. '표정은 일그러져도 자존심은 지키자!' 죽을힘을 다해 동작을 따라 했다. 다들 나비처럼 가볍게 날았다가 살포시 폴에 자리 잡는데, 나의 몸은 나방이다. 나비와 비슷하나 몸이 더 통통하고 날개가 작은 나방. 나방도 나비들 틈에서 날아오르려고 최선을 다한다. 그렇게 열 번의 수업이 지나갔고 팅커벨, 프린세스, 할리우드 스핀, 머메이드 스핀, 폴싯 등 다양한 동작을 어설프더라도 따라 할 수 있게 됐다. 그리고 내 의상도 어느새 파격적으로 '화끈하게' 바뀌었다. 폴댄스에 대한 약간의 자신감을 얻었고, 예상대로 글쓰기에 대한 자신감도 회복했다.

두 번째 공익광고 출연

2015년 12월, 공익광고 출연 제의가 들어왔다. 연기자가 아닌 기자로서 출연을 제의받은 것이다. 해당 공익광고는 보건복지부-중앙자살예방센터가 만드는 '자살 예방-청년 편'이었다. 나를 추천한 사람은 우울증 치료 권위자인 홍진표 정신건강의학과 교수로 당시 중앙자살예방센터장을 맡고 있었다. 꿈이 현실이 되려 한다. 단순히 공익광고에 출연하게 돼 그런 것만은 아니다. 중요한 건 '자살 예방' 공익광고라는 점이었다. 자살 예방과 관련한 꿈이 있기에 훗날 기회가 주어진다면 의미 있을 것으로 생각했다. 기회가 이렇게 빨리 찾아올 줄은 몰랐다.

"저, 김지수 기자님 휴대전화가 맞나요?"
"네, 그런데요."
"여기는 중앙자살예방센터입니다."
"네? 자살? 자살예방센터라고요? 근데 저한테 왜요? 무슨 일이시죠?"

복지부와 보건의료 분야를 출입하는 기자에게 복지부 산하기관인 중앙자살예방센터에서 먼저 연락하는 게 어색한 일이 아닌데도, 받지 못할 전화를 받은 것처럼 얼어 버렸다. '도둑이 제 발 저린다'고 '웃픈' 일이었다. 이때도 우울증과 공황장애를 치료 중이었는데, 지금과 달리 안 좋은 생각에서 완전히 자유롭지 못했던 상태였다. 발신자가 중앙자살예방센터라고 하니 나 자신이 기자라는 사실도 잊은 것이다.

'왜 나한테 전화했지? 어떻게 알았지? 뭐지? 나 요즘은 괜찮은데…. 왜 전화했지? 위험한 사람들 관리해 주는 건가?'

자정이 가까운 시각 경기도의 한 소극장, 공익광고 촬영이 한창이다. 12월 한파로 소극장 안이 냉동 창고 같지만, 무대 위는 후끈하다. 조명 불빛 아래 출연자들과 촬영팀, 분장팀, 홍보팀이 모두 집중하고 있다. 나는 이날 생애 두 번째 공익광고 '청년들을 위한 자살 예방 캠페인'을 찍었다.

"자, 조용히 해 주세요. 조용! 갑니다. 스탠바이, 큐!"
"처음에는 누구나 작은 고민, 불안감으로 시작하지만 이런 징후들이 지속되고 커져 간다면 결국 걷잡을 수 없는 상황으로 치닫게 됩니다."
"오케이! 김 기자님, 마지막 표정 좋았어요. 연기를 좀 해 본 사람이라 다르네, 달라."
"감사합니다. 그런데 한 번만 더 찍으면 안 될까요?"
"뭐라고요? 또 찍자고요? 하하하. 왜, 맘에 안 들어요?"
"요란하게 굴어서 죄송해요. 한 번 더 찍으면 더 잘 나올 거 같아서요."

"욕심이 많네. 기자 하면서 어떻게 참았어요. 이런 끼를….”

"그래서 우울증이 왔나 봐요. 히히히.”

"김 기자님, 프로야. 근성이 있어요. 나야 좋죠. 잘 나온 거로 골라 쓰면 되니까. 오케이!”

연기자를 준비할 때부터 키워 온 꿈 중 하나인 공익광고 출연이 현실이 되고, 기자로서 가장 관심을 가졌던 주제인 자살 예방 내용으로 출연한다는 사실에 가슴 벅찼다. 촬영을 총괄하는 감독은 유명 만화가이자 영화감독이었다. 업계에서 이분 성함만 대면 다 아는 감독의 '큐 사인'을 들으며 촬영한다는 건 영광이고 값진 경험이다. 나는 감독에게 잘 보이고 싶은 마음이 컸다. 촬영하는 날 '화장발'을 제대로 세우려고 광고 전문 메이크업 아티스트를 따로 알아봤는데, 촬영팀으로부터 맨얼굴로 오라는 요청을 받았다. 분장팀이 촬영 전에 메이크업을 진행할 것이니 어떤 준비도 하지 말고 로션만 바르고 오라고 했다. 자칫 메이크업이 화려하거나 밝으면 주제와 맞지 않게 되기에 현장에서 해 주겠다는 건데 난감했다. 메이크업 전후가 극명하게 다른 나로서는 난감했다.

감독은 나를 보자 뉴스에 나오는 이미지랑 좀 다른 거 같다고 했다. 나도 말하고 싶었다. '안다고!' 당황한 나는 메이크업하면 원래 모습이 나올 거라고 답했다. 눈가는 다크서클로 너구리와 다름없고, 퀭한 이미지에 몽롱한 분위기도 있다. 동행한 남자 후배는 웃음을 참다가 터져 버려 옆으로 쓰러진다. 이놈의 화장발. 소극장 내 분장실에 이동식 조명이 켜졌다. TV에서 보던 여배우들이 쓰는 조명 그대로였다. 조명이 켜짐과 동시에 자신감이 생기기 시작했다. 감독이 당부한 메이크업 스타일이 어떤 건지 감이 왔다. 예쁘게 보이기 위한 것이 아닌 최대한 자연스러우면서도 내가 화면에서 튀지 않게끔 했다. 평소 메이크업, 방송을 위해 회사 분장실이나 메이크업 숍에서 받던 것과 달랐다. 마치 드라마나 영화에서 연기자들이 캐릭터에 맞게 분장을 받는 느낌이었다. 신기해하며 거울 속 내 얼굴을 바라보는데, 감독이 훅 들어왔다.

"분장 좀 하니까 이미지가 나오네요, 기자님!"
"어우, 놀랬잖아요. 저는 놀라면 욕해요. 육두문자가 나와요. '개나리'도 나오고 '뻐꾸기'도 날아다니고 '까나리 액젓'도 나오고 '시골'도 등장하고요."
"하하하, 이따 놀라게 해야겠네!"

감독은 사람들을 제대로 '쓸' 줄 알았다. 사전에 장점을 알아낸 다음 현장에서 그 장점을 확인하고 그 밖의 다른 장점까지 포착해 활용했다. 일종의 용병술이다. 그는 기자인 내가 이런 촬영장을 낯설게 느낄 것으로 예상하고 어떻게 하면 빨리 현장에 적응해 자신 있게 역할을 소화하게 할까 많이 고민한 것 같았다. 내 '방송용' 목소리가 사람들을 집중하게 하는 '힘'이 있다며, 표정은 부드러우면서도 공익광고의 특성상 단호하고 절제된 분위기가 느껴지게 하는 게 좋겠다고 했다.

"소문대로 딕션이 좋아요. 그런데 대본에서 이 부분은 기자들이 하는 리포팅과는 다른 느낌으로 가야 해요. 여기서는 의학전문기자로서 사람들에게 당부의 말을 해 준다고 생각하면 됩니다. 아까는 내용 전달이라서 리포팅하는 느낌을 살렸지만, 여기서는 말해 준다는 느낌으로요."

"표정은 당연히 진지해야겠지요?"

"음, 진지한 표정이긴 한데요. 부드러워 보이면서도 단호한 느낌!"

"아, 좀 알 거 같기도 한데 어렵네요."

"내 얘기를 잘 들어봐요. 아이가 아이스크림을 사 달라고 하는데, 엄마는 추워서 먹으면 감기 걸리니까 지금은 안 된다고 하는 장면을 상상해 봐요. 자신의 아이, 얼마나 사랑스럽겠어요. 부드럽게 아이를 바라보고 있지만 지금 아이스크림 먹는 건 안 된다고 단호하게 말하는 느낌이요. 감이 오나요?"

"알겠어요. 저는 미혼이라 애가 없지만요. 우리 집 개를 생각할게요. 제가 아끼는 개가 있거든요. 제 동생이라 제가 항상 다정하게 부드럽게 바라보거든요. 개껌을 방금 먹었는데 또 달라고 할 때 제가 단호하게 안 된다고 해요. 알 거 같아요."

"아이고 배야. 개라니, 하하하. 비유가 너무 웃겨요. 기자가 이리 웃겨도 돼요? 개그맨도 아니고. 기자님 편한 대로 하면 돼요. 해 봅시다. 오케이! 갑니다. 자, 조용! 스탠바이 큐!"

시간이 갈수록 현장 분위기는 더 좋아졌다. 감독은 처음부터 끝까지 나를 배려해 줬다. 연기자가 아닌 내가 주눅 들까 봐 대본을 큰 소리로 읽어 보라고 했다. 딕션에 프라이드가 강하다는 걸 알고 일부러 기를 살려 준 것이다. 발성과 톤, 발음을 확인한 후 큰 거울 앞에서 표정 연기를 지도해 줬다. 감독으로부터 오디오를 인정받아 자신감이 커진 상태였기 때문에 표정 연기 역시 자신 있게 도전했고, 촬영을 잘 마칠 수 있었다.

나는 자살 실태와 예방, 우울증 등 정신건강에 대해 적극적으로 취재·보도해 왔다. 특별한 관심을 가지게 된 건 내가 우울증을 겪으면서부터다. 지금도 병을 방치해 얼마나 많은 사람이 자살 위험에 노출돼 있는지 모른다. 그들은 '신호'를 보낸다. 자신이 얼마나 위험한 상황에 놓여 있는지를, 누군가 도와주길 바라는 마음을, 그리고 살고 싶다는 간절함을 표현한다. 다만, 그 신호를 사람들이 잘 몰라서 알아차리지 못해 문제가 되는 것이다. 자살은 그들만의 문제가 절대 아니며 그들의 잘못도 아니다. 단지 마음의 병을 키웠을 뿐이다. 누군가 신호를 알아차리고 그들을 잡아 준다면 새 삶을 살 수 있다. 한 사람을 살리는 건 여러 사람을 살리는 것과 같다. 가족 중 자살로 세상을 등진 사람이 있다면 남은 가족 모두 고위험군이 되기 때문이다. 내겐 삶의 벼랑에서 힘겨워하는 이들의 손을 잡아 치료의 제도권 안으로 들어오도록 도와주고픈 꿈이 있다.

공익광고를 찍으면서 꿈에서만큼은 '운명'이라는 게 존재한다는 걸 느꼈다. 당장 손에 잡히지 않는 꿈이라 하더라도 구체적인 계획을 갖고 꾸준히 실천하다 보니 그 꿈과 똑같은 모습은 아니더라도 관련된 또 다른 기회가 찾아왔다. 세상의 모든 일은 결국 사람이 하는 법, 꿈을 꾸고 이룬 자는 꿈을 향해 경주하는 이를 결코 소홀히 보질 않는다.

자기 자신의 심부에까지 파고 들어가 본 사람만이

그렇게 진심으로 바라보고

그렇게 걸어갈 수 있을 것이다.

좋다,

나도 내 자신의 궁극의 심부에까지 파고 들어가기 위해 탐색하리라.

· 싯다르타 ·

3,923일의 생존 기록

part 3

브랜드는 내가 만드는 것이다

보건의료 전문기자? 한번 해 봐?

서울 시내 한 대학병원 별관 홍보팀 앞을 서성인다. 문을 열려다가 돌아서고 또 열려고 하다가 주저하고 머뭇거린다. 장갑을 벗고 외투 주머니에서 휴대전화를 꺼내는데, 사무실에서 누군가가 나온다.

"김지수 기자님이시죠? 왜 안 들어오시고 여기 계세요. 날도 추운데."
"아, 안녕하세요. 저라는 거 어떻게 아셨어요?"
"시간이 다 되어 가길래 나와 봤죠. 사무실 찾기가 쉽지 않거든요."

2009년이 한 달도 채 남지 않았던 그때, 가장 추운 겨울이었다. 날이면 날마다 서울과 경기, 인천 지역의 대학병원 서너 곳을 방문했다. 앞으로 출입할 병원의 홍보팀과 보직 교수들을 찾아가 인사하며 '얼굴'을 트고 현안을 파악해 회사에 보고하기 위해서였다.

그해 11월 말 3년 가까이 일하던 라디오 방송사를 그만두고 보건의료 분야를 전문적으로 취재하는 언론사로 이직했다. 제일 먼저 한 일이 수도권 주요 대학병원을 방문해 분위기를 파악하는 것이었다. 각 병원 홍보팀 연락처가 정리된 수첩과 명함 한 뭉치를 들고 한 달간 홍보팀을 찾았다. 방문에 앞서 병원장, 홍보실장 등의 보직을 맡은 교수들과 만날 시간을 잡는 것도 쉽지 않았다. 빨리 적응해야 한다는 압박감에 밀어붙일 수밖에 없었다. 외과 교수면 수술실 앞에서 기다렸다가 소독 가운을 입고 들어가 인사만 하고 나왔다. 홍보팀은 다들 친절했지만, 대하는 태도가 자연스럽지 못했다. 나를 걱정한다는 느낌을 받았는데, 뭔가를 말해 주지는 않았다.

그날도 홍보팀과 인사하고 사무실을 나서려는데, 직원이 나를 자리로 데리고 갔다. 컴퓨터 즐겨 찾기 목록을 보여 주면서 논문을 검색할 때 방문하는 홈페이지 등 꼭 알아야 할 사이트를 알려 주고 의학 서적 몇 권을 건네줬다. 왜 친절을 베푸는지 의아했다. 그 이유는 얼마 가지 않아 알게 됐다. 이 분야 취재 경험이 전혀 없는 내가, 선후배들에게 치이면서 받을 스트레스가 걱정됐다고 했다.

사회부 기자 4년 차에 보건의료 분야 전문 매체로 이직한다고 했을 때 많은 사람이 왜 고생을 사서 하냐며 말렸다. 당시 난 큰 결단을 내려야 했다. 규모가 큰 언론사로 옮겨 기자로서 성장하길 간절히 원했는데, 그렇게 하려면 전문성을 인정받아야 한다고 판단했다. 따라서 이직을 꼭 해야만 했다. 분야를 보건의료로 정한 건 젊음을 걸고 도전할 만한 가치가 충분하다고 생각해서였다. '도전'에는 여러 가지가 포함됐다. 우선, 병원 공포심을 극복하고 싶었다. 병원은 아버지의 긴 투병으로 기억하고 싶지 않은 곳이었다. 공포의 대상이던 병원을 내 집처럼 드나들고 싶었고, 의학이라는 전문지식으로 무장된 의료진을 상대로 취재해 국민이 꼭 알아야 할 정보를 쉽고 정확하게 또 '친절하게' 알리고 싶었다.

이직과 동시에 처한 현실은 주변 사람들이 우려하던 그대로였다. 나는 준비 없이 달려들었던 게 맞았다. 주요 대학병원과 학회, 관련 시민단체 등에서 제공하는 보도자료를 한 번에 이해하지 못했다. 그 정도로 기본 지식이 없었다. 주 취재원인 의료진과 '대화'하는 것이 불가했다. 만나서 취재할 때는 창피함을 무릅쓰고 재차 물어볼 수 있었다. 그러면 배려심 깊은 의료진의 경우 내가 알아듣지 못한다는 걸 눈치채고 쉽게 설명하거나 때로는 그림을 그려 가며 이해를 도왔다. 하지만 전화로 취재할 때는 다른 차원의 문제였다. 수화기 너머로 들리는 영어나 의학용어가 포함된 답변은 알아듣기가 매우 힘들었다. 게다가 당시 현안들을 숙지하지 못한 상태라 그들이 질문에 대한 답변 외에 추가적인 설명을 해 줘도 알아듣지 못했다.

예상하지 못한 '암초'도 있었다. 바로 아래 여자 후배로 인한 스트레스가 컸다. 당시 이 분야 취재 3년 차였던 후배는 출입처를 모조리 '장악'하고 있었다. 내가 출입처로 인사하러 다니거나 취재 차 주요 인사들을 만나면 어김없이 후배 이야기가 나왔다.

"P 기자가 김 기자님보다 선배인가요?"
"아닌데요. P 기자는 제 후배인데요."

이런 말을 들을 때마다 '해명'하기 바빴다. 그런 말이 참 아팠다. 후배가 3년 가까이 쌓아 온 전문적인 취재 경험과 당당하게 제 목소리를 낼 수 있는 자신감이 몹시 부러웠다. 초조함이 커졌다. 출산 휴가를 앞둔 후배의 빈자리를 채워야 했다. 더군다나 이듬해 봄에는 회사에서 주최하는 특정 질병과 관련한 국제 박람회가 예정돼 있었다. 후배는 주요 대학병원과 관련 학회가 대거 참여하도록 이끌었고, 박람회 주제 질환에 관심이 집중되도록 기사를 쏟아 냈다. 출산을 코앞에 두고 제대로 걷기조차 힘든 상태였는데도 이른 아침부터 명의들을 만나 한 명의 권위자라도 더 박람회에 강연 등을 통해 참여하도록 설득했다.

박람회 준비로 숨 가쁘던 어느 날, 그녀의 다이어리를 우연히 보게 됐다. 우리 둘은 늦은 저녁 사무실에 남아 테이블을 사이에 두고 다음 주 일정을 짜고 있었는데, 그녀가 잠시 자리를 비웠다. 그녀 자리에 놓인 손바닥 크기의 겨자색 가죽 다이어리가 눈에 들어왔다. 모서리마다 반질반질했고 다이어리를 여닫는 쪽 모서리는 부풀어 오른 상태였다. 다이어리에 빽빽하게 적고 그걸 수없이 다시 펴 봤다는 걸 짐작할 수 있었다. 그녀의 다이어리는 어서 펼쳐 보라고 유혹하는 것만 같았다. 후배는 항상 다이어리에 메모하고 들여다보고 확인했다. 일에 몰두하는 그녀가 참 멋지다고 생각했다. 나는 유혹을 떨치지 못하고 다이어리를 들춰 봤다. 책갈피가 꽂힌 페이지를 펼쳐 보니 아침 7시부터 시작하는 일과가 거의 1시간 단위로 빽곡하게 적혀 있었다. 내가 모르는 일정도 있었다. 권위자와 미팅이 아침 7시였으니 교수의 공식 일정 전부터 만난 것이었다. 며칠 전, 만삭인 그녀의 손에 이끌려 한 대학병원 외래 진료실로 핵심 보직자를 만나러 갔던 일이 떠올랐다.

그녀는 그때 교수와 만나기로 약속한 것은 아니지만, 꼭 만나야 한다며 진료가 끝날 때까지 무작정 기다리자고 했다. 교수의 그날 일정은 오후 진료 이후 곧바로 외부 일정이 이어지는 상황이라 이렇게 만나는 것밖에 방법이 없었다. 그녀는 한 손에 박람회 책자를 쥐고 다른 한 손으로는 부종으로 퉁퉁 부은 다리를 만지작거렸다. 진료는 30분 전에 끝났어야 하는데, 끝날 기미를 보이지 않자 그녀 얼굴에 초조함이 묻어났다. 마지막 환자가 진료실에서 나왔고 그녀는 내 손을 잡은 채 곧바로 진료실 안으로 들어갔다. 교수는 갑작스러운 방문에도 전혀 불편해하지 않고 반갑게 맞았다. 그녀는 교수에게 나를 소개한 후 박람회 자료를 보여 주며 '브리핑'했고 교수가 활동하고 있는 학회의 참여를 제안했다. 둘 사이에 진지한 대화가 오갔고 교수는 며칠 안에 답을 주겠다며 긍정적인 반응을 보였다.

후배는 예정대로 출산 휴가를 떠났고, 나는 태산 같은 부담감을 안고 그녀의 빈자리를 대신해야 했다. 특종이나 단독 기사를 쓰면 업계에 나를 빨리 알릴 수 있는데, 내게는 그런 능력이 없었다. 당장 할 수 있는 건 병원에서 배포하는 의료진의 연구 성과와 시기별 건강 정보에 대한 보도자료를 모두 기사화하는 것이었다. 단, 두 가지 원칙을 세웠고 지켜 냈다. 자료를 다 이해해도 담당 교수에게 전화해 추가 취재한다는 것, 그리고 자료 내용이 빈약하면 보충 취재해 주제를 바꿔서라도 기사화한다는 것이다. 업무 시간 외에 개인 시간을 많이 할애해야 했다. 보도자료를 자문하는 교수들은 대부분 정해져 있었는데, 그런 점은 내게 유리했다. 병원·진료과목·질환별로 전문가 리스트를 만들 수 있었고, 그 안에서 연락하니 접촉 횟수가 늘어나 친해질 수 있었다. 점차 요령이 생겨 교수들과 상의해 차별화된 주제를 잡게 됐고, 이들로부터 논문이나 해외 자료를 받아 깊이 있는 취재도 할 수 있게 됐다.

시간을 투자해 취재하고 기사를 쓰다 보니 병원들 태도가 달라졌다. 어리바리하던 내가 홍보팀을 건너뛴 채 교수들을 만나 취재하고, 보도 가치가 큰 자료들을 미리 받아 기사화하고, 배포된 자료라도 주제를 달리 잡아서 기사를 쓰니 더는 만만한 상대가 아니었다. 금세 '열심히 하는 기자'라는 이미지가 만들어졌다. 병원들이 시의성 있는 소재로 건강 아이템 자료를 만들 때나 의료진 논문이 저명 해외 학술지에 게재됐을 경우 보도 방향을 어떻게 잡을지 나와 상의하는 일도 많아졌다.

주요 대학병원의 '키(key)닥터'들과 친분이 생기자 이들이 속해 있는 학회 취재도 수월해졌다. 학회에서는 매해 봄과 가을 학술대회를 여는데, 이때 최근 몇 년 사이 발생률이 급증하는 등 유의미한 변화가 나타난 질환을 알리는 일에 집중한다. 주목하는 질환에 대한 새로운 통계 발표, 새롭게 도입한 치료제와 수술 등 치료 방법 홍보, 특히 새로운 치료법이 국민건강보험을 적용받을 수 있도록 대정부·대국민 활동 계획 발표가 이뤄지는 것이다. 나는 이 기간을 적극적으로 활용했다. '키닥터'들이 학회의 홍보이사, 이사장 등 임원인 경우가 대부분이라 친분이 생긴 이들로부터 발표될 내용을 미리 파악해 선제적으로 보도했다.

여기에 더해, 건강보험 적용을 위한 학회들 움직임에 대한 보건 당국 입장과 향후 계획을 취재했다. 부지런을 떤 덕분에 주요 학회들과 친해질 수 있었고 이들은 '귀한' 취재원이 됐다. 전문지식으로 무장된 이들과 쉽게 친해질 수 없을 것이라는 선입견을 몇 달 새 깼다. 진정성과 성실이라는 '무기'는 어디서든 통할 수 있다는 것을 확인했다. 무엇보다 보건의료 분야를 취재하는 기자로서 자신감을 얻었다.

전문가 집단과 빠른 속도로 친해졌기에 관계를 지속하는 게 중요하다고 판단했고, 진정성을 무기로 취재원 관리에 들어갔다. 출근하면 논문 검색 사이트를 방문해 취재원들이 새로운 논문을 발표했는지 확인하는 일로 업무를 시작했다. 또 이들이 쓴 언론사 칼럼, 출연한 방송 프로그램, 다른 매체와 진행한 인터뷰를 모니터하고 소감을 짧게나마 문자 메시지나 이메일로 보냈다. 이들의 활동을 모니터하는 동안 취재 내공과 관련 지식이 차곡차곡 쌓여 갔다. 새로운 취재원과 만날 때는 먼저 그 사람이 쓴 책을 사 읽고 가서 저자 사인을 요청했다. 나로서는 의학적 지식이 늘어날 수밖에 없었고, 취재원은 내게 자연스럽게 관심을 가지게 되면서 친분을 쌓을 수 있었다. 그들과 가까워지니 화려하게만 느껴지던 그들의 커리어 뒤에 숨어 있는 애환이 보이기 시작했다. 처음부터 탄탄대로를 걸었을 것 같던 이들은 '엘리트'로 불리는 집단에서 치열한 경쟁에 내몰려야 했다.

기자마다 출입처를 '장악'하는 방법은 다르다. 정해진 방법이란 없다. 오래전 선배들은 수습기자들에게 술을 사 주면서 이런 말을 했다.

"기자는 출입처에 존재감이 있어야 해. 기사로 죽여 놓든 술로 죽여 놓든 어떤 방법으로든 출입처에 자신을 알려야 해. 기자로서 가장 슬픈 게 뭔지 아니? 존재감이 없다는 거야."

선배의 말은 출입처가 어떻게 돌아가는지 현안이 무엇인지 파악하고, 출입처가 제 할 일을 할 수 있도록 늘 감시하면서 '당근'과 '채찍'을 적절하게 사용하라는 것이었다. 출입처가 할 일을 잘하면 기사를 통해 아낌없이 칭찬해 주고, 제 역할을 하지 못하면 주저 없이 비판해야 한다는 말이다. 기자로서 가장 무능한 건 출입처에 관심이 없고 출입처도 해당 기자에 대해 잘 알지 못하는 경우다.

이직 초기 잠실 쪽에 있는 한 대학병원으로 곧장 출근할 때면 지하철역에서 병원 정문까지 15분 정도를 걸어가야 했는데 그 시간이 너무 싫었다. 걸어가는 내내 그 건물을 봐야 했기 때문이다. 국내 최대 규모임을 자랑하는 병원답게 멀리서 봐도 위풍당당한 자태를 뽐내는 것처럼 보였다. 자신감이 없던 나로서는 위압감이 느껴졌다. 그랬던 내가, 언제부턴가는 그 병원이 보이면 잘 아는 친구를 만난 듯 반가운 마음으로 차량의 창문을 내리고 두리번거린다. 병원에 있는 취재원들에게 여기 지나고 있다며 문자 메시지를 보내고는 한다.

무모하다고 말하는 사람들 속에서 도전할 수 있었던 건 목표가 분명했기 때문이다. 진정성과 성실이라는 두 가지 '무기'만을 가지고 뛰어들 수 있었다. 아는 게 없으니 매 순간 진지했고 심각했으며, 몇 배의 노력을 기울일 수밖에 없었다.

어느새 병원 소독약 냄새, 진료실과 수술실에서의 취재가 어색하지 않고, 전문 의학용어를 이해하기 쉽게 고쳐 쓰는 게 자연스러워졌다. 동트기 전 노트북 가방을 메고 수도권 내 병원으로 '인사'를 다니기 시작한 지 정확히 2년 만인 2011년 11월, 국내 최대 규모의 언론사인 연합뉴스 경력기자로 입사하는 데 성공했다. 계획했던 대로 보건의료 분야 전문성을 인정받으면서.

의사들이 무서운 기자

저기 '산타'가 있다. 초여름 서울 도심에 산타라니. 핀란드에는 산타들이 모여 사는 마을이 있다는데, 그중 한 명이 탈출이라도 한 걸까. 테가 동그란 안경을 쓴 백인 사내의 얼굴에 굽슬굽슬 풍성한 수염이 귀밑부터 하관을 뒤덮었다. 산타 특유의 인자한 미소까지 짓고 있다.

백인 사내가 나를 봤다. 온다. 온다. 그가 온다. 점점 빠른 걸음으로 다가온다. 기억 속 산타들은 모자를 써서 머리숱이 많은지 모르겠지만, 다가오는 저 사내는 대머리다. '빨간 모자를 씌우면 산타랑 똑같겠다.' 이런 한가한 생각을 하고 있을 때가 아닌데, 내 머리가 어떻게 된 것 같다. 사내가 내 앞에 섰다. 천진한 표정으로 던진 한마디는 "Hello." 중1 때 처음 배운 영어 단어가 'Hello'였는데, 이 경쾌한 단어가 이렇게 무서울 줄이야. 나는 그 자리에서 '얼음'이 됐다. 내 얼굴은 봐서는 안 되는 걸 목격한 사람처럼 새하얗게 질렸다. 산타 타령이나 하고 있을 때가 아니라는 걸 깨닫게 해 준 건 제약회사 직원의 한마디였다.

"기자님, 악수하세요!"

그제야 나는 손을 내밀었다.

산타를 닮은 백인 사내는 췌장암 치료에서 세계적 권위를 지닌 의학자였고, 나는 선배를 대신해 그를 인터뷰하러 왔다. 의학자는 인사와 함께 자신을 간단하게 소개하고 이번에 서울을 방문한 목적을 말했을 것이다. 하지만 그의 말이 하나도 들리지 않았다. '흰 두루미 떼' 때문이었다. 흰 두루미 떼, 내가 의사들을 부르던 말이다. 보건의료 분야 취재를 시작한 무렵 흰 가운만 보면 '움찔'했다. 주눅 들고 겁이 났다. 흰 두루미가 몇 마리도 아니고 떼로 몰려 있는 걸 알게 되자 얼어붙었고, 친절하게 인사를 건넨 의학자에게 무례한 실수를 저질렀다. 뭐든 떼로 몰려 있으면 위압감이 드는데, 당시 제일 무서워하던 흰 두루미가 떼로 있는 걸 보면서 그날의 '비극'이 시작됐다.

기자는 누구를 만나든 국민의 알 권리를 위해 질문하고 끈질기게 캐묻고 때로는 압박해야 하는데, 나는 의사가 무서웠다. 전문지식으로 무장한 그들을 가까이하는 게 부담스러워 취재로 만나도 눈치를 봤고, 내가 이 분야를 잘 모르는 게 티 날까 봐 두려워했다. 지금 같으면 잘 모른다며 알려 달라고 너스레를 떨 여유와 자신감이 있는데, 그때만 해도 모든 게 미숙했다. 한 명과 만나도 기가 죽는데 수십 명이 몰려 있는 데다 나를 주시했고, 이 와중에 외국인 의학자가 걸어와 말을 건넨 것이다. 그 뒤 어떻게 인터뷰가 진행됐는지 잘 기억나지 않는다. 그날 집에 돌아와 열어 본 노트북 가방에 명함 수십 장이 들어 있는 걸 봐서는 의학자뿐 아니라 흰 두루미들과도 인사를 나눈 게 확실한데, 어떻게 명함이 내 손에 들어왔는지 잘 모르겠다. 분명한 건 흰 두루미 떼와 외국인 의학자, 업계 관계자들 앞에서 커뮤니케이션 능력과 돌발상황 대처 능력을 비롯해 기자로서 갖춰야 할 자질이 미달했음을 보여 줬다는 것이다. 이 분야에 발을 들여놓은 지 반년이 채 되지 않았다는 사실을 고려해도 그날 일은 끔찍했고, 계속해서 나를 괴롭혔다.

그날 인터뷰는 회사 선배와 다른 언론사 두 곳의 선배까지 이렇게 세 명이 진행할 예정이었지만, 회사 선배에게 갑자기 일이 생겨 내가 대신하게 됐다. 선배는 인터뷰 장소에 가면 주최한 학회와 제약회사에서 참고 자료와 본인이 작성해 둔 질문지를 전해줄 것이라며 그것만 숙지하면 큰 문제가 없을 것이라고 했다. 인터뷰 대상자가 외국인 의학자라는 것과 준비 없이 진행해야 한다는 점에서 부담감이 컸지만, 어쩔 수 없이 약속된 장소로 향했다. 하지만 그곳에 흰 두루미가 떼로 몰려 있을 것이라고는 상상도 하지 못했다. 불안했지만, 다른 매체 선배들이 워낙 베테랑인데다 통역사가 처음부터 끝까지 함께한다고 하니 마음을 놓을 수 있었다.

문제는 교통 체증으로 선배 두 명이 늦게 도착하면서 시작됐다. 약속 장소는 서울 시내 한 대학병원 강당이었는데, 그날 도심에 집회가 있어서 나도 늦을 뻔했다. 택시에서 내려 선배가 알려 준 건물로 뛰어갔더니 관계자들이 반겼다. 그들은 선배 두 명에게서 좀 늦는다는 연락을 받았다며 회사 선배가 작성해 둔 질문지와 참고 자료를 건네더니 나를 인터뷰 장소로 데리고 갔다. 선배들이 늦는다는 말에 마음이 찜찜하긴 했으나 통역사가 있고 질문지를 보니 얼마 전 취재한 내용이어서 다행이라며 스스로 다독였다. 하지만 '무시무시한' 일이 나를 기다리고 있었다. 그날의 '참사'는 인터뷰가 흰 두루미 떼의 참관 가운데 진행됐다는 사실이다. 이날 흰 두루미 떼는 국내에서 내로라하는 췌장암 전문가들로, 인터뷰는 흰 두루미들이 의학자와 함께 공개 콘퍼런스를 한 후에 기자들이 합류해 진행하는 방식이었다.

선배가 준비해 놓은 질문지를 토대로 통역사 도움을 받아 가면서 간신히 세 번째 질문을 이어 가고 있을 때 두 명의 선배가 함께 나타났다. 그들은 의학자와 오래전부터 알고 지낸 사이인 듯 반갑게 인사하며 허그까지 한 뒤 자신들을 대신해 똑똑한 후배가 인터뷰하고 있다며 나를 추켜세웠다.

'나를 아주 골로 보내는구나.'

내 고개는 떨궈지다 못해 책상에 닿을 듯했다. 나를 더 비참하게 만든 건 뒤편에 앉아 있던 흰 두루미들이 일어나 서로 경쟁하듯 선배들과 친근함을 과시하는 모습이었다. 나는 철저히 고립되는 것 같았다. 의학자와 선배들, 흰 두루미들이 함께 어울리는 모습을 보며 난 결코 그들과 가까워질 수 없을 것만 같은 거리감 그리고 자괴감이 들었다. 인터뷰가 끝나자마자 회사에 빨리 들어가야 한다고 둘러대며 도망치듯 그곳을 빠져나왔다. 큰일이라도 난 사람처럼 있는 힘을 다해 뛰어나와 신촌 일대를 무작정 걸었다.

초여름 금요일 저녁 신촌은 사람들로 붐볐다. 앞에서 걸어오는 대학생 무리가 뭐가 그리 우스운지 깔깔대는 게 거슬렸다. 눈에 보이고 귀로 들리는 모든 것, 6월의 선선한 바람마저 나를 화나게 했다. 인파에 휩쓸려 아무 생각 없이 걷다가 정신을 차리기 위해서 카페로 들어갔다. 화장실 세면대 앞에 섰다. 거울 속에는 술에 취한 것처럼 얼굴이 벌겋게 달아오른 내가 있었다.

그 후 이날 일을 지우려고 애를 썼지만, 시간이 지날수록 기억은 선명해졌다. 취재를 위해 췌장암을 진료하는 의사들을 만날 때마다 '혹시 이 사람도 그곳에 있지 않았을까? 그렇다면 나를 봤을 텐데. 나를 비웃겠지?' 하는 생각에 괴로웠다. 상태는 심각했다. 그날 현장에 있었던 의사들의 명단을 확보해 이들은 물론이고 이들이 속한 학회와도 거리를 두는 일까지 벌어졌다. 이들 학회에서 기자 간담회를 열면 자료만 이메일로 받고 후배한테 대신 다녀와 달라고 부탁하기도 했다. 다른 분야 의사들과 첫 대면 때도 불안감을 떨칠 수가 없었다.

'이 교수도 내 소문을 들었을 거야. 아까 나를 봤을 때 웃는 것 같았어. 웃음의 의미가 뭐지?'

몇 주를 그렇게 보냈다. 하지만 언제까지 불안해하며 사람들을 피할 수는 없는 일이었다. 얼마나 큰 결심을 하고 이 분야에 도전했던가. 실수는 누구나 할 수 있는 것이고, 중요한 건 똑같은 실수를 반복하지 않는 것이라는 생각에 이르렀다. 그동안 그렇게 살아오지 않았던가. 이번 일이라고 예외일 수는 없다. 실수를 인정하려면 내 잘못이 무엇인지 똑바로 봐야 한다. 피하지 말고 정면으로 마주해야 한다는 결론을 내렸다.

내 잘못은 보건의료 분야를 취재하는 기자로서 기본 자질을 갖추지 못했다는 것이다. 의사들을 두려워했던 건 이 분야 취재 경험이 없어서가 아니라 이 일에 대한 확신이 없어서였다는 걸 깨달았다. 이 분야를 선택한 데는 대형 언론사 이직을 위한 것이라는 개인적 이유와 별개로 국민의 건강 및 생명과 직결되는 분야를 취재하는 기자로서 소신과 책임감이 있어야 했다. 그런데 나는 오로지 커리어 쌓을 생각에만 급급했다. 아주 중요한 깨달음을 얻었다. 이 분야 취재가 얼마나 중요한지 직시하고 어떤 의미와 무게감을 지니는지 취재 철학이 확고했다면 어떤 상황에서든 흔들리는 일이 없어야 했다. 설령 흰 두루미 떼에 포위되고 대여섯 명의 '산타'가 동시에 말을 걸어와도 말이다.

투명 인간으로 버틴다는 것

투명 인간은 소설 등에 등장하는 눈에 보이지 않는 인간을 말한다. 직장에서는 있는지 없는지도 모르는 취급을 받는 사람을 가리키기도 한다. 나는 내근하는 주말마다 투명 인간이 되었다. 주말에는 출입처가 아닌 회사로 출근하기 때문에 다른 부서 사람들을 볼 수 있었다. 이직 후 처음으로 맞은 주말 근무 점심시간, 같은 부서 남자 선배와 다른 부서 여자 선배 두 명과 함께 식사하게 됐다. 선배는 나를 소개했다.

"알지? 이번에 경력으로 들어온 김지수 씨야. 너희 둘이랑 입사 시기가 비슷할 거야. 잘 지내도록 해."
"김지수입니다. 잘 부탁드릴게요."
"…."
"…."

두 명의 선배는 아무 말 없이 휴대전화만 들여다보고 있었다. 부서 선배는 내가 당황한 걸 눈치채고 다시 말했다.

"야, 김지수 씨가 인사하잖아. 왜 전화기만 보냐? 무슨 속보라도 떴어?"

둘은 어쩔 수 없이 고개만 까딱했다. 그러고는 다시 시선을 휴대전화에 고정했다. 부서 선배는 어색한 분위기를 바꿔 보려고 애를 쓰다가 음식이나 주문하자고 했다. 이곳은 인도 음식점으로 빵에 카레를 찍어 먹어야 해서 아무리 빨리 먹어도 한 시간은 걸릴 것 같았다. 테이블에는 뜨끈한 난, 각종 카레, 닭요리 등이 푸짐하게 차려졌지만, 내 머릿속은 저걸 다 먹어야만 벗어날 수 있다는 생각뿐이었다.

같은 부서 선배가 대화의 주도권을 쥐었다. 그 선배는 산업계 전반을 맡고 있던 두 선배에게 기업 동향을 물었다. 두 선배가 번갈아 가며 답했다. 부서 선배는 내가 소외되지 않도록 원격의료와 바이오 기업 관련 내용을 물었다. 내가 답할 때마다 부서 선배는 '아, 그래요?' 하며 리액션해 줬지만, 나머지 두 선배는 먹기만 했다. 부서 선배가 끼어들었다.

"야, 좀 들으면서 먹어. 김지수 씨 이쪽 전문가야. 들어 둬."

둘은 대답도 안 하고 먹었고, 내 머릿속은 바빠졌다.

'나랑 함께 있는 게 싫은 거야. 내가 뭘 잘못한 게 있나? 나한테 왜 그러지?'

혼자만의 생각에 너무 빠졌다. 난을 찍어 먹어야 하는 카레를 스푼으로 계속 떠먹고 있었다. 부서 선배가 분위기 반전을 시도했다.

"지수 씨는 신기하게 먹네요. 카레를 먼저 먹은 다음에 난을 먹나 봐요. 한국으로 치면 김치찌개를 다 먹은 후에 밥을 먹는 거네요. 하하하."

"…"

부서 선배의 노력이 안쓰러웠다. 두 선배 중 한 명이 부서 선배의 결혼 얘기를 꺼냈다. 선배는 이듬해 봄 결혼을 앞두고 있었다. 두 명이 번갈아 가며 물어보는데, 부서 선배는 쏟아지는 질문에 답하느라 정신이 없었다. 부서 선배는 흘금흘금 나를 보며 대화에 끼어들라는 신호를 보냈다. 하지만 그렇게 할 수가 없었다. 나는 대화에서 완벽하게 고립됐다. 회사로 가는 길, 각자 부서로 돌아가면서 인사를 나눌 때도 나는 투명 인간이었다.

"지수 씨, 기분 나쁘죠? 대신 사과할게요. 쟤네가 왜 저러는지 모르겠어요."

"괜찮아요. 그럴 수도 있죠."

투명 인간이 인간으로 돌아왔다. 하지만 일주일 뒤 한 번 더 투명 인간이 되었다. 그날도 다른 부서 사람들과 함께 점심 식사를 했다. 선배들이 메뉴를 정할 때 나는 컵에 물을 따라 자리마다 놓았다. 타 부서 여자 선배는 수저를 챙겨 물컵 옆에 가지런히 놓았다. 투명 인간이 되려는 조짐이 시작됐다. 그녀가 내 자리에만 수저를 놓지 않는 것이다. 처음에는 실수라고 생각했지만 그게 아니었다. 선배들은 술을 주문했고 그 선배가 술잔을 돌렸다.

"뭐 일어서서 술잔을 돌리냐. 그냥 줘."
"어려운 일도 아니고 테이블이 길잖아요."

불안하기 시작했다.

'이번에도 나는 패스인가? 나는 술잔 대신 두 손으로 술을 받아 마셔야 하는 거야? 원하는 게 이런 거야? 다들 나한테 왜 이래?'

예상이 맞았다. 그 선배는 이번에도 주지 않았다.
'일부러 그러는 거였어. 쪽팔려. 나를 개무시하는군.'
선임 선배가 한 사람씩 술을 따라 주는데 다음은 내 차례 같았다.

"김지수 씨, 환영해요. 한잔 받아요. 어? 술잔이 없네? 뭐야? 왜 술잔이 없어?"
"…"

말하고 싶었다.
'저는 투명 인간이라 술잔도 없고 수저도 없어요!'

술잔을 어디서 찾아왔는지 생각도 안 나고 따라 준 술 한 잔도 얼떨결에 다 마셔 버렸다. 잘 마신다며 한 잔 더 줬는데 그것도 한 번에 마셨다. 술을 따라 준 선임 선배는 흠칫 놀라는 눈치였다.

'얘 뭐야? 또라이 아니야? 주는 술을 다 마시네. 나한테는 따라 주지도 않고.'

나는 빨리 벗어나고 싶은 마음뿐이었다. 다음 주에는 또 어떻게 투명 인간이 될까 궁금했다. 그동안 나를 인간으로 대우해 준 모든 사람이 고마웠다. 왜 항상 웃고 다니냐며 서비스업에 종사하냐며 혼내던 꼰대 선배도 고맙고, 나를 모함하고 다니던 배은망덕한 후배도 고마웠다. 그들은 최소한 나를 인간으로 대우했으니 말이다.

'다음 주 점심에는 밥도 안 주는 거 아냐?'

회사로 돌아가는 길, 열받아서 주는 술을 족족 다 마신 탓에 알딸딸한데 다른 부서 선배가 말을 건넸다.

"지수 씨, 요즘 힘들죠?"
"(작은 목소리로 혼잣말처럼) 투명 인간이 뭐 그렇죠."
"네? 뭐라고 했죠? 투명 인간?"
"아, 아니에요. 술을 잔뜩 먹었더니 정신이 없어요."
"지수 씨 채용과 관련해 오해가 있어요. 원래 한 명을 뽑기로 했는데 두 명을 뽑아서 괜한 말이 나오는 거 같아요. 이 회사는 지수 씨가 필요해서 뽑은 거니까 신경 쓰지 마세요. 단독이든 특종이든 지수 씨만의 기사를 많이 쓰세요. TV 쪽 일도 같이 한다고 들었어요. TV에서도 능력을 보여 주세요."

나를 투명 인간 취급하던 선배들은 내 채용과 관련해 오해하고 불쾌함을 표현한 것이었다. 처음에는 억울하고 분해서 오해를 풀고 싶었지만, 무슨 말을 하면 반감만 커지고 오해는 더 깊어질 것 같았다. 성실히 일하다 보면 오해가 풀리고 제대로 평가받을 것이라고 결론 내렸다. 오해가 안 풀려도 상관없다는 생각도 들었다.

'나만 떳떳하면 되지!'

그리고 무엇보다 오해에도 불구하고 나를 좋게 보는 사람들이 있다는 사실이 감사했다.

정신이 번쩍 들었다. 나에게 관심이 많구나. 누가 들어 왔든 관심 없는 것보다 낫지 않은가. 그런 경우는 그야말로 투명 인간이니. 어디 한번 보여 주자는 오기가 발동했다. 당시 보건복지부와 산하기관, 의료계 전반을 출입하고 있었는데, 우선 복지부 정책 자료집을 파고 들었다. 이 잡듯 내용을 파악했다. 범위가 방대하고 전문적인 내용이 많았지만, 복지부 출입이 처음이라는 걸 핑계로 내세워 각 부서의 사무관들을 찾아다녔다. 이해되지 않거나 궁금한 내용을 정리한 다음 물어봤다. 업무 시간 외에 이들을 만나야 해서 일과가 항상 빡빡할 수밖에 없었다.

이해의 폭이 넓어지자 자료집에서 일부만 공개된 정책들, 계획·예정인 정책들을 파악해 현재까지의 진행 상황을 취재했다. 정책의 큰 줄기보다 곁가지를 파고들었다.

자료집에서 2012년 결핵 검진사업을 소개하면서 '여성 등 취약층 검진 확대'라고 명시된 부분을 주목했던 게 기억난다. '왜 여성이 결핵 취약층이지? 남성한테서 발병률이 더 높은데. 결핵 검진은 노숙인 등 취약계층에 시행 중인데, 무슨 말이지?' 담당 과장에게 전화했다.

"과장님, 결핵 검진사업에 '여성 등 취약층 검진 확대'라고 돼 있는데요. 이게 무슨 말인가요?"
"아, 결핵이 남성에게서 더 많이 나타나긴 하는데요. 20대 초반의 경우 여성에게서 더 많이 나타나요."
"왜요? 혹시 다이어트 때문인가요?
"다이어트가 원인이라고 할 수는 없지만, 영향은 받는다고 봅니다."
"젊은 여성들을 어떻게 검진하실 건데요? 자료집에 그냥 기재한 건 아닐 테고. 젊은 여성들을 어떻게 검진해요?"
"확정은 아니고요. 예산도 받아야 하고…."
"모든 정책이 다 그렇죠. 세세한 건 언론에서 다뤄 주고 국민 목소리도 듣고 전문가들 이야기도 들어보면서 완성되는 거잖아요. 젊은 여성들 어떻게 불러 모을 건가요?"
"확정은 아니고요."

"이런 건 알려져야 해요. 우리나라 결핵 발병률이 OECD 1위라는 거 모르는 사람이 더 많을 거예요. 과장님은 말씀하실 의무가 있어요. 기자들 불러서 도와달라고 하셨어야 했어요."

"여자대학교로 결핵 검진이 찾아가려고 합니다. 젊은 남성들은 군대 갈 때 신체검사 받잖아요. 여기서 걸렸는지 알 수 있어요. 그런데 젊은 여성들은 알아서 검사받기가 어려워요."

새로운 내용이 없어 보이는 자료집이라도 기사화할 수 있는 부분이 있다는 믿음이 있었다. 자료집을 만든 누군가도 상급 공무원에게 보고할 때 예전 자료만 참고해 만들지는 않았을 것이다. 현장에 가서 살펴보고 이야기를 듣고 최소한 전문가 한 명에게 의견을 물었을 것이라고 보기 때문이다.

나의 경우 출근 시간이 최소 40분 정도 빨랐는데, 이 습관은 퇴사하는 날까지 이어졌다. 그날 할 일을 미리 해 놓고 매일 아침 과별로 '마와리'를 돌았다. 마와리는 수습기자들이 경찰서를 돌며 사건·사고 파악하는 것을 뜻한다. 나는 수습기자처럼 날마다 과장들을 만나 주요 현안을 챙기고 새로운 자료를 얻어 냈다. 복지부에 같이 출입하던 회사 선배들은 내가 '오버'하는 것 아니냐, 얼마나 하는지 보자는 반응이었는데, 보여 주기가 아니라 '진심'이라는 걸 알게 됐다. 연합뉴스TV로 보도되는 뉴스 리포트는 이틀에 한 번씩 제작하기 때문에 당시 본연의 업무인 연합뉴스 기사를 쓸 시간이 많이 부족했다. 그런 사정을 아는 선배들이 취재 가치가 있는 아이템을 슬며시 주고 갔다.

"지수야, 이거 얘기가 될 것 같아. 장관 일정 잡힌 건데, 괜히 이런 행사를 하는 게 아니거든. 한번 파 봐. 건질 만한 게 있을 거야. 네가 먼저 단독 기사로 터트려 봐."

진정성은 복지부에서도 통했다. 급한 취재로 마와리를 돌지 못했을 때 과장들에게 전화가 걸려 오기도 했다. 오늘은 왜 안 왔냐고, 준비한 자료가 있다고. 내가 마와리를 돌면서 본인들을 귀찮게 했지만 뭔가 해 보려고 애쓰는 모습에 도와주고 싶은 마음이 생겼던 것 같다.

내 단독 기사가 많아지고 다른 언론사에서도 내 기사를 바탕으로 후속 취재에 들어가다 보니 자료집에 살짝 언급됐던 정부 계획이 어느새 제도가 됐다. 눈에 띄는 성과들이 나타나자 복지부는 물론이고, 같이 출입하는 다른 언론사 기자들, 또 회사 내 다수의 시선이 달라지는 것을 느낄 수 있었다. 남들이 쓰지 않는 자신만의 기사를 많이 쓰라던 선배의 조언이 맞았다. 어느 날 한 선배가 말했다.

"지수야, 넌 내가 인정하기로 했다. 내 후배로. 더 열심히 해라!"

내 무기는 미친 친화력

에피소드 I: "진짜 죄송해요. 제가 실은 기자예요"

대학병원 안과 외래 진료실 앞, 젊은 여성이 누군가를 찾는 것 같다. 정장 차림에 백팩을 매고 한 손에 볼펜과 수첩이 들려 있다. 환자들도 그녀를 흘깃흘깃 쳐다본다. 보안요원이 빠른 걸음으로 그녀에게 다가왔다.

"제약회사에서 나왔어요? 여기서 이러시면 안 됩니다."
"엥? 제약회사 직원은 아니고요."
"교수님 기다리시는 거 아닌가요? 요즘 예민합니다. 기자들도 자주 오고 여기서 이러시면 안 됩니다. 협조하시죠."
"제약회사에서 나온 건 아니고요."
"나가시죠. 기자들이 봐요."
"실은 제가 기자거든요."
"네? 여기 무슨 일로 오신 거죠? 홍보팀에는 알렸나요? 제가 확인하겠습니다."

멀리서 홍보팀 직원이 뛰어온다. 그는 보안요원에게 작은 목소리로 설명했다.

"아, 이분 기자님이세요. K 교수님 인터뷰가 곧 있는데요. 녹내장 환자분 인터뷰도 필요하다고 직접 섭외한다고 하세요."

보안요원은 자신이 이해한 내용을 큰 소리로 말했다. 속된 말로, 나를 '멕이는' 게 분명했다.

"이분은 기자님이시고 K 교수님 인터뷰가 곧 있는데, 녹내장 환자분도 인터뷰한다는 말이죠?"

나와 홍보팀 직원은 환자들이 들을까 봐 작은 목소리로 말했지만, 이 사정을 모르는 보안요원이 중계하다시피 말해 버렸다. 녹내장 같은 망막질환 환자들은 섭외하기가 까다로워 현장에서 직접 시도하는 게 나을 때가 있다. 인터뷰하겠다고 사전에 약속해도, 가족이 반대해서 무산되는 경우가 있기 때문이다. 그래서 진료실 앞에서 진을 치고 있는데, 돌발상황이 벌어진 것이다. 홍보팀 직원과 영상취재기자, 오디오맨에게 다시 숨어 있으라고 했다. 내가 손짓하면 그때 와 달라고 했다.

난감하다. 30분 안에 인터뷰를 마쳐야 하는데, 환자 대부분이 보호자와 함께 왔다. 보호자들은 환자들이 인터뷰하는 걸 싫어하는 경우가 많다. 물론 보호자들 심정을 이해한다. 환자 인터뷰는 증상, 병력, 유전력 등 사적인 내용을 공개한다. 때로는 불편한 모습까지 카메라에 노출된다. 내 부모님이 인터뷰한다고 해도 막았을 것이다. 그런데도 나는 나의 일을 위해, 국민의 알 권리라는 명분으로 인터뷰를 요청한다. 미안함을 뒤로한 채.

환자들 쪽으로 시선을 돌리는데, 보호자들의 경계심 가득한 눈빛이 번뜩인다. 조심스럽게 구석으로 향하는데, 아주머니 한 분이 귀에서 이어폰을 빼는 게 아닌가. '저분은 우리 얘기를 못 들었겠다! 혼자 오신 거 같아.' 인터뷰한다고 해도 진료 시간과 겹칠까 걱정이 됐지만, 다음 환자에게 양해를 구하고 순번을 바꾸면 되겠다고 생각했다.

'아, 신경 쓸 게 많네.'

자리가 비었다. 나는 환자인 것처럼 앉았다.

'빨리, 아주머니한테 말을 걸어! 시간이 없어. 어서!'

"혹시 K 교수님한테 진료받으세요? 저 교수님 참 친절하신 거 같아요."
"…"
"항상 환자가 많아요. 워낙 진료를 잘하시니까요."
"…"
"약도 잘 쓰신다고 하더라고요. 요즘 웬만하면 고혈압, 당뇨 다 있잖아요. 그런 약이랑 같이 먹어도 문제가 안 생기는 것들로 쓰신다고 들었어요. 뭐 당연한 거지만 쉬운 건 아니죠."

혼잣말을 이어 가면서 아주머니 얼굴을 봤더니 무표정이다. 전형적인 한국인의 무표정, 지하철을 탔을 때 앞에 앉은 아주머니 표정과 똑같다. 내가 눈치를 보고 있다는 걸 알아차린 건지 아주머니가 입을 열었다.

"나도 몇 년째 저 교수님한테 진료받고 있어요."
"녹내장이세요?"
"왜 그러죠?"
"아, 저희 엄마도 녹내장 치료를 받으시는데요. 저희 엄마랑 연배가 비슷하신 거 같아서요. 아주머니도 고혈압이나 고지혈증 있으세요? 그런 거 있으면 녹내장에 걸릴 위험성이 커진다고 하더라고요. 신문에서 봤거든요."
"내가 딱 그래요. 난 고혈압, 고지혈증 다 있어요. 약도 잘 먹고 그랬는데, 책을 보는데 갑자기 이상한 거야. 가운데는 선명한데 가장자리는 까맣게 보였어요. 얼마나 놀랐는지 몰라요. 바로 안과에 왔지. 녹내장이래요."
"어머, 엄마랑 증상이 똑같아요. 원래 녹내장이란 게 초기 증상이 없대요. 그런데 아주머니, 지금 말씀하신 거 카메라 앞에서 똑같이 해 주시면 안 될까요? 인터뷰 요청하는 거예요."
"뭐라고요? 인터뷰라니?"
"진짜 죄송해요. 제가 실은 기자예요. 온종일 뉴스만 나오는 채널 아시죠? 연합뉴스TV라고요.”

“알지. 아가씨가 거기 다닌다고?”

“네, 녹내장 환자분 인터뷰하려고 한 시간 넘게 기다리고 있었어요. 다들 안 좋아 보이셔서 말을 걸 수가 없더라고요. 그러다가 아주머니가 눈에 띄었어요. 컨디션이 좋아 보이시고, 인상도 좋으셔서요.”

“나 말 잘 못 해요.”

“좀 전에 해 주셨던 말씀 있잖아요. 고혈압이랑 고지혈증 있는데, 갑자기 책을 보다가 이상했다고 한 부분요. 아까처럼요.”

“잘할 자신 없어요. 다른 사람 시켜요. 저기도 환자네.”

“저분은 불편하신 거 같아요.”

“….”

“인터뷰해 주세요. 아주머니 얘기가 시청자들에게는 큰 도움이 돼요. 제가 아무리 떠들어도 효과가 없어요. 부탁드려요. 네? 네?”

“아우, 몰라요.”

“도와주세요. 부탁드릴게요.”

“이 아가씨 끈질기네. 내가 하는 말이 뭐가 도움이 돼?”

“도움이 되니까 부탁드리는 거죠. 고혈압이나 고지혈증 약 드시는 분이 얼마나 많은데요. 그분 중에는 녹내장이 뭔지 모르는 경우가 많거든요. 아주머니도 빨리 대처해서 위험한 상황 피하셨잖아요. 다른 분들도 그러길 바라시죠? 그렇죠?”

“그렇지. 빨리 발견해야지.”

“그런 걸 말씀해 주시면 돼요.”

"뭐 그렇다면… 해 줄 수도 있고."

"아주머니, 복 받으실 거예요. 감사해요."

"나 원 참, 그럼 빨리해요. 나 진료받아야 하니까."

"이거 제 명함이고요. 휴대전화 번호 좀 알려 주세요. 제가 방송 나가면 링크 보내 드릴게요. 뉴스 꼭 보셔야 해요."

"얼굴 그대로 나가도 되죠? 모자이크 처리 안 해도 되죠?"

"그럼, 내가 범죄자도 아니고. 범죄자나 얼굴 가리잖아요. 빨리해요. 진료 늦어."

환자를 물색할 때는 나도 환자 행세를 해야 한다. 진료실 앞 간호사가 대기하는 곳 근처에 앉아 있으면 환자들이 간호사와 나누는 이야기를 들을 수 있다. 환자들은 다음 진료 예약을 위해 의사와 나눈 대화의 핵심 내용을 간호사에게 전달한다. 간호사는 처방된 약에 대한 정보를 환자에게 설명해 준다. 이들 대화에 귀 기울이면 환자 상태와 치료 방법, 환자가 인터뷰해 줄 심적 여유가 있는지를 파악할 수 있다. 이렇게 사전 취재하면서 인터뷰에 적합한 환자를 알아낸 다음, 그 환자에게 '접근'한다.

인터뷰 승낙을 받으려면 환자의 마음을 열어야 한다. 환자가 기자를 신뢰하게끔 해야 하는데, 진정성을 보이는 게 관건이다. 인터뷰가 왜 필요한지, 어떤 뉴스에 들어가며 이 뉴스의 주제와 기획 의도가 무엇인지 세밀하게 설명한다. 내가 환자라면 어떤 부분이 궁금하고 신경 쓰일지 헤아린다.

특히 환자 인터뷰는 경험담인 만큼 시청자들에게 와닿으며, 시청자들이 자신의 생활 습관을 돌아보고 점검하는 계기가 돼 준다고 설득한다.

"인터뷰를 통해 자신의 투병을 공개한다는 건 아무나 할 수 있는 일이 아니에요. 이 사회에 기여하고 싶은 마음이 없다면 불가능하다고 봐요. 같은 병으로 고생하시는 분들이 환자분 인터뷰를 보면서 용기를 낼 수 있을 겁니다."

인터뷰가 끝날 때까지 잊지 말아야 하는 건 이들의 몸 상태가 좋지 않다는 것, 그리고 자신의 이야기를 하다가 감정적으로 격해질 수 있다는 것이다. 그들은 인터뷰 대상자이기에 앞서 환자라는 걸 매 순간 기억해야 한다. 그들의 마음을 다치게 해서는 절대 안 된다는 얘기다. 만약 진단이 늦은 위암 환자를 인터뷰할 경우 환자 잘못으로 발견이 늦어졌다고 느끼는 일이 없게 해야 한다. '주변에 보면 바빠서 검사받을 시간도 없어 늦게 발견한 경우가 꽤 있더라고요.' 빨리 발견하는 건 최선이지만 여러 사정으로 그러지 못할 수도 있다는 걸 먼저 말함으로써 환자 마음이 불편해지지 않게 해야 한다. 질문하기 전 몇 초라도 생각해야 한다. 내가 환자인데 이런 질문을 받는다면 기분이 어떨지를.

방송되면 포털로 송고된 뉴스 동영상 링크를 환자분들에게 보내 드린다. 때로는 얼굴을 모자이크 처리하는 조건으로 인터뷰하는 경우가 있어 인터뷰한 환자들로서는 신경 쓰일 수 있다. 모자이크 처리 등 약속한 게 지켜졌는지 확인할 수 있도록 끝까지 책임을 져야 한다.

인터뷰를 마치면 나도 모르게 환자들 손을 잡았다. 꼭 좋은 뉴스로 만들어 많은 사람이 병을 빨리 발견해 자신들처럼 고생하지 않게 해 달라는 그들의 당부와 간절한 눈빛은 시간이 흘러도 잊히지 않는다. 내 휴대전화 연락처에는 아직도 'OOO 위암 환자', 'OOO ADHD 환자' 같은 방식으로 저장된 번호가 많다. 카카오톡 친구 목록에도 뜨기 때문에 프로필 사진을 들여다본다.

'잘 지내고 계시는구나. 많이 좋아지셨어.'

에피소드 II: "지난번 함께 사진 찍었던 기자예요"

"교수님, 고생하셨어요. 답변까지 철저하게 준비해 주시고 감사합니다. 방송 날짜 잡히면 연락드리겠습니다."
"기자님도 수고하셨어요. 감사합니다."
"이렇게 만난 것도 인연인데, 기념사진 한 장 찍어요."
"네? 사진을요?"
"제가 인터뷰 끝나고 항상 인터뷰이와 사진을 찍거든요. 교수님이나 저나 바쁜 사람들이라서 만났는지 기억도 못 해요. 자, 빨리 찍어요. 우리 후배님들(영상취재기자, 오디오맨)도 빨리 이쪽으로 오세요. 자, 찍습니다. 홍보팀 선생님이 세 장으로 연달아 찍습니다. 교수님, 후배님들 이제 웃으세요. 하나 둘 셋!"

"기자님, 이렇게 진료실에서 사진 찍은 건 처음인데요. 추억이 되겠어요."

"제가 휴대전화 메신저로 사진 보내 드릴게요. 전화번호가 어떻게 돼요? 명함에는 휴대전화 번호가 없네요."

"여기로 연락하시면 됩니다. 사진 꼭 보내 주세요."

주 취재원인 대학병원 교수들과 인터뷰한 후에는 사진을 꼭 찍었다. 신종 감염병 발생 등 긴박한 상황일 때를 빼고 대부분 찍었다. 그래서 휴대전화 사진첩에는 인터뷰이와 찍은 사진이 많이 저장돼 있다. 사실 사진을 찍는 데는 여러 이유가 있다.

우선 휴대전화 번호를 알아내기 위해서다. 이들 명함에는 대부분 휴대전화 번호가 빠져 있다. 게다가 홍보팀에 연락처를 문의하면 연구실 번호만 알려 주는 곳들이 있다. 그런데 이들과 함께 사진을 찍으면 자연스럽게 휴대전화 번호를 알아낼 수 있다. 번호를 알아냈다고 취재 때마다 이 번호로 연락하는 건 금물이다. 긴급한 사안이 아니면 대부분 홍보팀을 거쳐서 연락했다. 긴박할 때 내 전화를 받게 하기 위한 조치였다. 이들은 진료 시간에 전화 받는 것에 많이 불편해했다. 환자를 치료하는 의사인데 당연한 반응이다. 따라서 신종 감염병 발생 등 긴박한 사안일 때만 전화하겠다는 원칙을 철저히 지

컸다. 질환별로 자문하는 의료진들의 진료 시간표를 정리해서 가지고 다녔다. 이런 과정을 통해 주요 취재원들과 신뢰가 굳건해졌고, 메르스 같은 신종 감염병이 퍼졌을 때 이들은 적극적으로 나를 도와줬다. 외래 진료를 잠시 중단하고 취재에 응해 주기도 했다. 그때는 워낙 엄중했던 시국이라 환자들에게 양해를 구하고 5분, 10분 나에게 시간을 내주었다. 어떤 감염내과 교수는 진료 시간이 갑자기 바뀌거나 해외로 나갈 경우 스케줄을 참고하라며 메시지를 보내 주기도 했다.

사진을 찍는 또 다른 이유는 친분을 쌓기 위해서다. 찍은 사진을 포토샵 처리까지 해서 보내 주면 다들 좋아한다. 사실 진료실에서 사진을 찍는다는 게 흔한 일은 아니다. 외래 진료실은 환자들로 넘쳐 나고, 진료가 끝나면 다음 일정으로 자리를 빨리 뜨게 된다. 그런 점에서 인터뷰 후 취재진과 함께 찍은 사진이 훗날 이때를 추억할 매개체가 될 수 있다. 사진을 주고받은 후 이들에게 취재 차 연락하거나 우연히 마주치면 반가움은 몇 배가 된다. 오랜 기간 친분을 나눈 사이처럼. 사진이 거리를 좁혀 주는 것이다.

신기하게도 이들은 나를 대번에 기억했다. 사진을 찍어 추억을 만든 '보람'이 있었다. 이들도 얼마나 많은 기자를 상대하겠는가. 취재로 통화할 때 "지난번 함께 사진 찍었던 기자예요"라고 말을 건네면 백이면 백 기억하고 웃는다. 친밀함을 무기로 세밀히 취재할 수 있었다.

사람들은 진심에서 우러나는 관심에 민감하다. 사람은 이기적인 본성이 있기에 누군가가 나에게 관심을 가지면 고마움을 느끼고 힘을 얻는다. 취재원들이 새로운 논문을 발표하거나 학회 임원 및 병원 보직을 맡는 등 신상에 변화가 생길 때면 진심을 담은 축하와 응원 메시지를 보냈다. 사진을 찍으면서 확보한 휴대전화 번호를 이럴 때 써먹었다.

취재 편의를 위해 선택한 사진 찍기가 연결고리가 되어 기자와 취재원 사이에서 좋은 선후배, 때로는 친구로 관계가 발전하기도 했다. 취재 현장을 떠났기에 이제 더는 일로 직접적인 도움을 주고받는 관계는 아니다. 그래도 가끔 안부를 전하거나 차 한잔 마시자고 하는 게 어색하지 않은 건 진심, 곧 진정성이 느껴졌기 때문이 아닐까.

김지수 씨, 매사 그리 자신만만한가

2011년 11월 연합뉴스 경력기자 입사 시험, 두 번 다시 언론사에 기웃거리는 일은 없을 것이라고 여겼던 마지막 기회였다. 이 시험을 제의받았을 때 언론계를 떠나 다른 길로 접어든 시점이었다. 새로운 삶을 살려고 하자 뜻밖의 기회가 왔다. 연합뉴스는 생각한 적이 없었다. 무겁고 딱딱한 이미지의 국가기간뉴스통신사는 자유분방한 나에게 어울리지 않는다고 봤다. 또 '뉴스 도매상' '뉴스 공장' '뉴스의 시작'으로 불리는 연합뉴스가 1차 취재를 도맡아 하는 뉴스통신사라는 점도 부담스러웠다. 입사하려면 스펙과 필기시험 점수가 매우 좋아야 한다는 얘기도 나와는 거리가 멀어 보였다. 사내 분위기도 보수적이라는 소문이 파다했다. 따라서 나처럼 기자 경력에 비해 나이가 많은 사람은 채용되기 어렵겠다고 생각했다. 시험 제의를 받았는데도 시큰둥했다.

그런데 문득, 이번 기회가 평생 세 번 찾아온다는 그 기회일 수도 있다는 생각이 들었다. 인생을 바꿀 기회 세 번 가운데 첫 번째는 놓쳤으니, 두 번째는 꼭 잡아야겠다는 생각이 들었다. 마음이 바뀌었다.

'두 번째 기회일 수 있어. 설사 아니어도 괜찮아. 한번 해 보자. 가장 들어가기 힘들다는 곳에 도전하는 일이 이 분야에 눈곱만큼의 미련도 안 남게 할 거야. 면접장에 가서 할 말이라도 다 해 보자.'

밑바닥을 드러내던 자신감이 차올랐고 내 안의 욕망이 다시 꿈틀거렸다. 게다가 보도전문채널 연합뉴스TV 개국이 두 달도 남지 않은 시점이라 방송 제작과 진행, 보도 등 방송 경험이 두루 있던 나에게 유리하다는 확신이 들었다. 게다가 나는 인터넷과 신문, 라디오와 TV 등 모든 매체를 경험하지 않았던가.

준비는 치밀했다. 자료 조사부터 시작했다. 연합뉴스 보도의 특성과 최근에 어떤 평가를 받고 있는지, 역사와 현황, 주요 성과와 과제, 또 곧 개국하는 연합뉴스TV에 대해 파악할 수 있는 모든 것을 알아냈다. 사보와 기자협회보, 다른 언론이 다룬 연합뉴스 관련 보도 내용이 도움이 됐다. 연합뉴스가 어떤 조직인지 파악한 다음, 내 경험과 이력이 이 회사와 어떤 연관성을 가질 수 있는지 세세히 따져 봤다. 그동안의 경험으로 이 조직에 기여할 수 있는 부분들, 특히 신생 언론사 연합뉴스TV에 도움이 될 부분을 아주 구체적으로 분석했다. 보건의료 분야를 전문적으로 취재해 온 경험을 바탕으로 연합뉴스TV가 언론계에서 빠른 속도로 뿌리내릴 수 있게 돕는 방법이 무엇일지 고민했다. 결국 연합뉴스가 나를 뽑아야 하는 이유, 연합뉴스와 내가 함께할 때 낼 수 있는 시너지가 무엇인지로 귀결됐다.

이를 바탕으로 1·2차 심층 면접을 위한 '50문 50답'을 준비했다. 물어보는 사람들이 실무 데스크인지 임원인지에 따라 답변이 달라지는 만큼 따로따로 준비했다. 영어 답변도 준비했다. 만약 영어로 대답하지 못할 상황에도 대비했다. 비록 영어 실력이 뛰어나지 못하지만 뽑아 준다면 어느 시일까지 영어 실력을 올려 놓겠다는 식의 멘트까지 준비했다. 하고자 하는 열의와 성장 가능성이 크다는 걸 어필하고자 했다. 마지막일 수 있다는 절박감은 이번에도 위기를 기회로 만들었다.

1차 면접일, 각 분야 보도에 대한 최종 결정권이 있는 데스크들과 얼굴을 마주했다. 예상대로 실무적인 이야기가 오갔다. 신입기자를 뽑는 자리가 아니고 그들도 현장을 뛰던 기자였다는 점을 인식하면서 질문에 허심탄회하게 답했다. TV 개국을 앞둔 시점이어서 연합뉴스 기자 본연의 업무와 함께 방송 업무를 어떻게 병행할 수 있는지, 방송 업무에 관한 질문이 많았다. 질문은 예상에서 벗어나지 않았고 나는 준비한 대로 답했다. 며칠 뒤 최종 면접을 보러 오라는 연락을 받았다.

최종 면접일, 검정 원피스에 빨간 재킷을 입었다. 당장 생방송에 투입할 수 있을 만큼 단정하게 갖춰 입었다. TV 개국을 앞두고 있다는 점을 공략한 나름의 전략이었다. 드디어 사장실에 마련된 최종 면접장. 자기소개를 하라는데 예감이 맞았다. 앞에 카메라가 돌고 있었다. 채용 자료를 만들기 위한 녹화일 수도 있지만, 내 생각은 달랐다. 누구를 뽑을지 판단하기 어려울 때 녹화물을 보겠다는 의미로 파악했다. TV 업무에 빨리 투입할 수 있는 사람이 유리하다는 걸 직감했다. 쇼호스트가 제품을 소개하듯 나를 마케팅했다.

"빨간 재킷에, 공들인 메이크업…. 너무 화려해 보이나요? 여러분께 가장 매력적인 모습을 보여 드려야 해서 이런 모습으로 섰습니다. 기자가 기사로 보여 줘야지, 왜 이렇게 요란하냐고요? 물론 맞습니다. 기자는 기사로 보여 줘야지요. 취재와 기사 작성 능력은 제출한 서류로 판단하셨을 거라 믿습니다. 이제부터는 그 밖의 다른 모습을 보여 드리겠습니다."

어디서 그런 용기와 '똘끼'가 나왔는지 모르겠다. 앞에 앉은 임원들 사이에서 한 명 한 명 웃음이 터지기 시작했다. 그 자리에 있던 직원들도 대놓고 웃었다. 나도 웃음이 나왔다.

"재미있으시죠? 이게 바로 저의 매력 중 하나입니다. 저는 누굴 만나도 상대의 마음을 편하게 해 줍니다. 그런 다음 정보를 얻어 내도 늦지 않죠. 상대방 마음을 무장해제 상태로 만들면 예상하지 못한 고급 정보까지 얻어 낼 수 있습니다."

나는 여유만만하게 말을 이어 갔다. 그때 질문이 날아왔다.

"김지수 씨는 매사 그리 자신만만한가?"

질문한 임원은 사장이었다. 회사 홈페이지에 나와 있는 그 얼굴! 두 가지 생각이 머릿속에 떠올랐다. '저 질문은 내 자신감 넘치는 모습이 맘에 들었다는 거야. 그렇다면 답변도 이 분위기를 이어 가면 된다는 거지.' 나는 아주 당차게 답했다.

"연합뉴스 기자는 모든 언론사를 대표해서 취재하는 경우가 대부분입니다. 이 정도 자신감도 없어서야 연합뉴스 기자를 하겠습니까?"

사장 표정을 살폈다.

"아주 당차군. 당차."

사장이 다시 질문했다.

"김지수 씨, 지금 안 떨리나?"
"왜 떨리지 않겠습니까. 다만 제가 마음을 컨트롤할 수 있는 건 이 자리가 마지막으로 치르는 언론사 시험이기 때문입니다. 이번 시험에 불합격하면 언론계를 떠나기로 마음먹었습니다. 몇 달 전 다니던 언론사를 그만뒀고 다른 일을 시작하려던 차에 연합뉴스 시험 제의를 받았습니다. 생각지도 못했습니다. 막말로 '다 때려치우니 이런 곳에서 제의가 오는구나. 인생은 알 수 없구나' 생각했습니다. 한편으로는 '이게 운명인가?' 이런 생각도 들었습니다. 결론을 내렸습니다. '그동안 기자로서 쌓은 내공을 후회 없이 보여 주자!' 그렇게 했는데도 떨어지면 기자를 그만둬도 후회 없다는 겁니다."

그러자 사장이 말을 가로챘다.

"그러니까 김지수 씨, 자네는 연합뉴스 기자가 아니면 아예 기자를 안 하겠다, 이 말이군?"

"네, 맞습니다. 들어가기 제일 힘든 곳의 최종 면접까지 보고 떨어졌 는데 다른 언론사가 눈에 들어오겠습니까. 사장님 손에 달렸습니다. 제 운명이요. 저를 뽑아 주세요. 후회하시지 않을 겁니다."

어떻게 이런 말을 했는지 그 용기가 어디서 났는지 신기할 뿐이다. 몇 초간 정적이 흐르더니 사장이 호탕하게 웃었다. 난 그 틈을 타서 밀어붙였다.

"저는 사장님께서 탁월한 선택을 하실 거라고 믿습니다. 사장님은 평생 연합뉴스 기자를 하셨고 사장 자리까지 오르셨습니다. 세상을 보는 혜안을 지니셨기 때문입니다. 따라서 사람 또한 제대로 보실 거 라 확신합니다. 저의 능력과 열정, 소신, 진정성 모든 걸 간파하셨 고 봅니다. 사장님의 후배가 되고 싶습니다."

"김지수 씨가 나를 평가하네. 여기는 우리가 김지수 씨를 평가하는 자리인데."

그 자리에 있는 모든 사람이 참았던 웃음을 터뜨렸다.

"김지수 씨, 한 가지만 더 묻지. 연합뉴스TV에서 앵커를 해 볼 생각 은 없나?"

"현재는 없습니다. 저는 연합뉴스 기자를 하고 싶습니다. 곧 TV 개국인데, 방송기자로서 할 수 있는 롤도 주십시오. 물론 사장님께서 저의 앵커로서 자질을 평가하실 수 있지만, 개인적으로 앵커는 취재 현장에서 쌓은 경험과 내공이 뒷받침돼야 한다고 생각하기 때문입니다. 그렇지만 저의 가능성을 높이 평가해 주신 점은 감사합니다."

예상 밖의 질문이었지만, 질문 의도를 파악할 수 있었다. 개국하는 연합뉴스TV에 기여할 부분을 묻는 것이었다.

"김지수 씨, 마지막으로 묻겠네. 예전 회사는 회사에서 부당한 요구를 해서 그만둔 것으로 알고 있는데, 연합뉴스에 들어와서도 이런 일이 생기면 바로 그만둘 건가?"
"아니요. 이제는 그러지 않을 겁니다. 회사와 '타협'이라는 걸 해 보려고요. 예전에는 제가 융통성이 부족했습니다. 그만두고 나니까 저의 부족했던 점이 보이더라고요."
"회사를 그만두고 나서 큰 걸 깨달았군. 그동안 마음고생 좀 했겠어. 알겠네."

윗니를 가지런히 드러내는 특유의 미소를 면접장을 나서는 순간까지 유지했다. 뒤돌아서 나오는데 입가에 경련이 일어나는 것과 다리가 떨리는 걸 느꼈다. 내 답변이 사장을 비롯한 임원들의 마음을 움직이게 한다는 걸 느낄수록 간절함이 커져만 갔다.

'이분들이 내 선배가 되면 얼마나 좋을까. 너무 다니고 싶다.'

면접장 밖으로 나오니 인사교육부 직원들이 웃으면서 다가왔다. 몇 번에 걸쳐 박장대소하는 웃음소리가 면접장 밖까지 들렸다고 한다. 개그맨 공채 시험장도 아니고…. 나의 면접 이야기는 지금까지 회자 된다고 한다. 집으로 가는 길, 얼마나 속이 시원했는지 모른다. 하고 싶은 말을 모조리 다 해 버렸으니 설사 불합격한다고 해도 한이 없 을 것 같았다. 최선을 다했으니 말이다. 시험이 끝나고 30분쯤 지났 을까, 전화가 왔다. 휴대전화 화면에 뜨는 국번을 보니 발신자는 연 합뉴스였다. '붙었구나!' 하는 확신과 함께 전화를 받았다.

"김지수 씨, 연합뉴스 경력기자 모집에 최종 합격하셨습니다. 축하 합니다. 내일 인사부로 오시면 됩니다. 여보세요? 김지수 씨?"
"아, 듣고 있어요. 감사합니다."

목이 메어 간신히 답했다. 원하는 언론사로부터 최종 합격 소식을 통보받는 순간을 얼마나 많이 상상했던가. 그 순간을 머릿속에 그리 는 것만으로도 힘이 됐다. 꿈이 현실이 될 때마다 포기하지 않는 한 삶은 꿈꾸던 것들로 채워진다는 걸 확인할 수 있었다. 여러 감정이 교차하는 순간 인사부 직원의 웃음소리에 정신이 들었다.

"김지수 씨, 제가 20년 넘게 연합뉴스 다니고 있지만 이렇게 화기애 애한 임원 면접은 처음이었습니다. 하하하."
"내일 아침 밝는 대로 인사부로 가겠습니다. 정말 감사합니다."

자신이 사랑하는 일에 믿음을 가지고,

그 일을 계속 밀고 나갈 때,

비로소 그 일은 자신이 가야 할 길로 이끌어 줄 것이다.

· 뼛속까지 내려가서 써라 ·

김지수 기자의 생방송 이야기

내 이름을 건 방송이 전국적으로 전파를 탄 건 연기자도 라디오 DJ 도 아닌 기자가 되어서였다. 보건의료와 국제라는 전문성을 앞세워 각각 진행한 생방송 코너는 더없이 소중한 경험이자 자산이다.

I. 건강 36.5

생방송 〈김지수의 건강 36.5〉는 연합뉴스TV에서 2013년 봄에 첫 전파를 탄 이후 2018년 가을까지 매주 한 차례 방송됐다. 보건의료 전문기자로서 현대인의 일상에 파고든 만성질환, 몇 년 새 발병률이 급증했거나 현재 발병률은 높지 않지만 외국에서 발병 추이 등으로 볼 때 주목해야 할 질환을 보도했다. 앵커가 질문하면 기자가 설명 하는 형식의 대담으로, 8분 분량이었다. 코너가 뉴스 중간에 들어가 기 때문에 튀지 않고 뉴스 속에서 잘 어우러져야 했다.

가장 중점을 둔 건 시청자들 머릿속에 단 하나의 메시지라도 남게 하는 것이었다. 독감에 대한 방송을 봤다면 '아, 독감은 감기와 다 른 거구나. 예방접종은 늦어도 11월까지는 마쳐야 효과가 있네'라는 생각이 실천으로 이어진다면 성공한 것이라고 봤다. 건강 정보 코너 는 인터넷에 올라온 건강 정보나 기사를 나열한 것처럼 보일 수 있 는 만큼 새로운 수치 등 취재를 통해 얻은 내용을 꼭 넣었고, 전문기자가 진행하는 방송이라는 색깔을 입혔다.

보건의료라는 분야는 기자가 얼마만큼 관심과 열의를 가지고 새로운 접근을 시도하느냐에 따라 보도의 질이 달라진다. 접근할 소재가 많다는 게 오히려 칼의 양날이 된다. 기자로서 책임감과 소신을 가지고 적극적으로 취재해야 할 영역인 건 분명하다. 하지만 전문적인 역량이 뒷받침돼야 적극적인 취재가 가능하다는 한계도 존재한다. 보건의료를 전문적으로 취재하는 매체로 옮겨 왔을 때 몇 달간 중심을 잡지 못하고 헤맸던 이유가 바로 이런 전문성이 없어서였다.

코너 소재가 유방암일 경우, 주제를 정할 때 최근 국내 유방암 발생 추이 등 특징을 세밀하게 파악해야 한다. 유방암은 국내 '여성암 1위'로, 치료법이 잘 발달했고 조기에 발견되는 경우가 많아 생존율이 높은 편이라는 것, 하지만 4기의 경우 표준치료를 받더라도 5년 생존율이 30%에 머문다는 것, 환자의 약 3분의 1은 초기 증상이 거의 없다는 것도 특징이다. 서구와 달리 국내에서 유방암은 비교적 젊은 40~50대 여성에게 많이 발생한다는 점도 간과해서는 안 되는 대목이다. 이런 정보를 바탕으로 최소 40대부터는 증상이 없더라도 조기 발견을 위해 정기적으로 검진받는 것이 중요하다는 주제를 뽑아낼 수 있다. 그런 다음 전문가와 환자들을 취재해 원고를 썼다. 코너는 앵커와 기자가 대담으로 이야기를 풀어 가고 전문가 인터뷰를 중간마다 삽입하는 방식으로 진행됐다.

소재가 중증질환의 경우에는 생명과 직결되는 만큼 기획부터 취재, 원고 작성, 영상과 인터뷰 편집, 생방송 진행까지 모든 과정에서 신중해야 했다. 신경 써야 할 부분이 많을 수밖에 없었다. 특히 환자가 오해하거나 상처받을 수 있는 부분은 없는지 잘 살펴야 했다. 국민의 알 권리 충족이라는 목표만 생각하고 이 질환으로 고통받는 환자의 마음을 헤아리지 못해 상처를 준다면 이런 보도는 어떤 의미도 없다고 봤다.

생방송 전까지 철저하게 준비해도 긴장을 늦출 수 없는 건 예측 불가하게 발생하는 속보 때문이었다. 연합뉴스TV는 24시간 생방송으로 뉴스를 보도하는 매체인 만큼 연합뉴스와 외신의 긴급 속보를 전할 수밖에 없다. 코너를 진행하는 중간에 속보가 전해지면 준비한 8분 분량의 내용을 줄여야 했다. 긴박한 속보가 터지면 코너를 1~2분 안에 끝내야 할 때도 있었다. 가장 속상했던 건 꼭 전달해야 할 부분을 시간이 부족해 놓치는 경우였다. 언제든 속보로 방송이 중단되는 상황이 발생할 수 있다는 사실을 염두에 두고 꼭 전달해야 하는 핵심 메시지를 머릿속에 정리해 두는 수밖에 없었다.

속보가 아니어도 돌발상황은 늘 존재했다. 예정에 없던 정부와 시민사회단체의 긴급 브리핑, 정부 고위 관계자와 정치권 인사의 현안과 관련한 입장 발표가 대표적이다. 큰 화재가 발생한 경우에는 소방 당국이 현재까지의 진압 과정, 피해 현황, 앞으로 계획을 긴박하게 브리핑한다. 이럴 때는 브리핑이 끝난 후 다시 코너를 이어 갈 수 있었지만, 분량이 줄어들고 코너의 완성도는 떨어졌다. 시청자들이 계속 채널을 고정하리라는 보장도 없었다. 다시 코너를 이어 가는 진행자도 맥이 빠지고 긴장감이 떨어지는 게 사실이었다. 보도 채널의 숙명이기에 어쩔 수 없음을 알지만, 어렵게 협조를 구해 환자를 취재하는 등 쏟아부은 노력이 허무하게 사라진 것 같은 기분, 때로는 자책감까지 들었다.

건강 코너를 생방송으로 진행하면서 말의 무게감을 생각하는 시간이 많아졌다. 방송 중에, 취재하면서 전문가에게 들었던 중요한 내용이 떠올라 하나라도 더 전달하고 싶은 욕심으로 원고에 없는 애드리브로 이야기하고 싶을 때도 많았다. 하지만 즉흥적으로, 신중하지 못한 발언으로 누군가에게 상처를 줄 수 있다는 생각에 원고에만 충실하기로 마음먹기도 했다. 예를 들어, 진단 기술의 발달로 주요 암의 조기 발견이 빨라져 생존율이 증가하고 있다는 사실을 전달한다고 하자. 조기 발견의 중요성을 너무 강조한 탓에 자칫 발견이 늦어진 것이 환자 개인의 부주의함 문제로 보일 수 있다. 똑같은 팩트라도 팩트를 받아들이는 사람, 팩트 수용자의 입장은 다르다. 하나의 질환을 두고도 경과가 천지 차이여서 이들 사이에서 한쪽으로 치우치지 않도록 균형을 잡는 게 중요하다. 그런데 생방송에서 원고에 없는 애드리브를 하면 성급한 마음에 경솔한 발언을 할 수도 있다. 중증 환자를 만나는 일이 많아지면서 취재·보도를 위한 가이드라인이 저절로 만들어진 셈이다.

II. 글로벌 브리핑

〈김지수의 글로벌브리핑〉은 회사가 나의 방송 전달력을 전적으로 믿고 시도한 코너였다. 2018년 11월 건강 문제로 취재 현장을 떠나 국제 뉴스를 제작하는 부서로 옮겨간 이후 주어진 더없는 기회였다. 보건의료 전문기자 타이틀을 내려놓은 뒤 생방송은 없을 것으로 생각했는데, 2020년 1월 코로나19가 국내에 퍼지면서 기회가 찾아왔다. 코로나 사태 초기 석 달 남짓 국내외 발생 상황을 매일 저녁 10여 분간 생방송으로 전달했다. 이 코너는 사실상 보건의료 전문기자 역할의 연장선상이어서 부담 없이 진행할 수 있었다. 석 달 정도 흘렀고 국내에서도 방역 방침이 '위드 코로나'로 전환됨에 따라 코로나 상황을 전하는 방식에도 변화가 생겼다. 코로나 관련 분량을 줄이는 대신 당일 새벽에 나온 주요 국제 뉴스를 함께 전달하는 방식으로 코너가 바뀌었다. 이번에는 〈김지수의 글로벌브리핑〉이라는 이름으로 평일 아침마다 10분 남짓 시청자들을 찾아갔다. 내 이름이 들어가는 코너를 이번에도 맡게 돼 기쁨이 컸던 만큼 부담도 컸다. 코로나 상황을 제외한 국제 현안은 모르는 데다가 외교·통일·안보 분야의 틀 속에서 이해하고 접근해야 하는 내용이 많아 낯설었다. 이쪽 분야를 취재한 적이 없었고 평소 관심도 없었다. 그렇다고 코너를 포기하고 싶은 마음도 없었다. 방법은 오직 한 가지였다. 수습기자의 마음으로 몇 배 더 노력을 기울이는 것이었다.

부끄러운 얘기지만, 북한·핵 문제 등 국제 뉴스에 자주 나오는 용어도 모르는 게 허다했다. 기사에 '핵우산'(핵무기를 보유한 국가가 핵을 보유하지 않은 동맹 국가의 안전을 보장하는 것)이라는 단어가 나오면 대략 어떤 의미일 것이라고 추론해서 기사를 이해했을 뿐 정확한 의미를 몰랐다. '38노스'(북한을 전문적으로 분석하는 웹사이트), '이란핵합의'(2015년 7월 이란과 주요 6개국이 타결한 이란 핵 협상 합의)가 뭔지도 몰랐다. 현안이 뭔지 파악해 현재까지 상황과 의미를 정리하며 업데이트하는 방법밖에 없었다. 국제 분야를 담당하는 다른 기자들은 현 상황을 토대로 의미를 분석하고 전망을 제시하는 반면, 나는 시간을 거꾸로 거슬러 올라갔다. 현 상황에 이르게 된 원인과 배경을 찾아 이해하고 정리해야 했다.

평일 아침 9시 전후에 시작하는 코너를 준비하려면 새벽 2시 30분에는 일어나야 했다. 연합뉴스에 보도된 국제 뉴스와 외신으로 들어온 주요 뉴스 가운데 중요도 순으로 아이템 6~7개를 선정해야 하는데, 아이템이 정해지는 6시까지는 주요 국제 뉴스 내용을 다 숙지해야 했다. 아이템이 정해지면 앵커가 묻고 내가 답하며 자세히 설명하는 방식으로 원고를 준비했다. 원고 작성은 코너 시작 40분 전에 마쳐야 데스크가 원고의 오류를 잡아 수정할 수 있었다. 데스크가 수정하는 데는 20분 정도 걸렸으며, 그사이 외신 사이트에 들어가 속보가 뜨는지 확인해야 했다. 코너가 시작되기 바로 15분 전까지는 긴급한 속보가 들어올 경우 방송으로 소화해야 하기에 긴장을 놓을 수 없었다. 속보가 전해질 때는 영상을 편집할 시간이 없어 '브리핑' 형태로 내용을 간단히 소개했다.

〈건강 36.5〉 코너는 일주일 단위의 기획물이라 여유가 있었지만, 〈글로벌브리핑〉은 매일 '분 단위'로 움직였다. 〈글로벌브리핑〉 때는 메이크업과 헤어도 초기 며칠만 회사 분장실에서 도움받고 3년 가까이 내가 직접 했다. 분장실 체류 시간을 줄이려고 내가 메이크업과 헤어를 거의 완성해 가도 전문가에게 수정만 받는 데 최소 10분이 걸렸다. 방송 투입 전 10분은 물리적 차원의 10분이 아니다. 데스크와 소통해 몇 문장을 더 수정하고 내용을 보충할 수 있는 시간이다. 만약 이때 중요한 속보가 들어오면 방송에 소개하도록 준비할 수 있다. 밤사이 들어온 국제 뉴스는 타 방송사 기자들보다 내가 먼저, 정확하게, 제대로 전달하고 싶은 욕심이 컸기에 분장실 방문을 포기했다. 시청자들에게 좀 더 호감 가는 모습을 보이고 싶은 욕심을 버리고 전달 내용의 완성도를 높이는 데 집중했다.

〈글로벌브리핑〉 준비를 위해 광역버스 첫차를 타고 출근하던 시절은 지금 생각해도 가슴 벅차다. 버스에서 내려 사무실 내 자리에 앉는 순간까지 머릿속은 오직 아이템 생각뿐이었다. 코너를 통해 전하는 아이템은 그날 리포트로 제작됐다. 결과적으로 〈글로벌브리핑〉을 통해 그날 제작될 리포트를 '예고' 식으로 선보인 셈이 됐다. 1분당 시청률 조사에서도 결과가 좋았고, 경쟁사 YTN도 한 달 만에 같은 시간대 동일한 형식의 국제 뉴스 코너를 배치했다. 채널 23번과 24번이 나란히 위치한 보도채널 두 곳에서 같은 시간대 두 여기자가 국제 뉴스로 맞붙었다. 언론계에서도 관심 있게 지켜봤고, 선의의 경쟁은 치열할 수밖에 없었다. 나는 이번에도 성장했다. 시청자들이 반드시 접해야 하는 국제 현안이 무엇인지, 시청자들의 이해를 도와야 하는 대목은 어떤 것인지 판단할 수 있게 됐다. 국제적 역학관계에서 벗어나 현안을 균형 있게 바라보는 시각을 가지게 됐다.

2021년 2월 난소 수술을 앞둔 두 달 남짓 심한 복통과 메스꺼움, 현기증에 시달렸다. 복통은 진통제로 다스릴 수 있었지만 메스꺼움과 현기증은 달리 방법이 없었다. 회사에서는 수술까지 코너를 잠시 쉬자는 얘기가 나왔지만, 쉰다고 증상이 나아지는 것도 아니고 심적으로 더 괴로울 것 같았다. 고통스럽기는 했지만, 방송하는 게 그 시간을 견디는 힘이 될 것 같았다. 수술 일주일 전까지 거의 매일 〈글로벌브리핑〉을 진행했다. 회사에 충성하기 위한 것도, 책임감 때문도 아니었다. 그래야만 내가 버틸 수 있을 것 같았다. 그때 깨달았다. 내가 이 일을 얼마나 사랑하는지를. 수술 날짜가 다가올수록 증상이 더 심해졌지만, 새벽 2시 30분 알람 소리에 벌떡 일어나 진통제부터 먹고 방송 원고를 준비하면서 신께 감사했다. 수술받고 방송에 복귀하면서 감회가 컸다.

전문기자로서 자신감이 생길 무렵 시작한 〈건강 36.5〉는 잘해야 한다는 욕심으로, 〈글로벌브리핑〉은 자신감이 없어 실수하면 안 된다는 강박으로 시작했다. 두 코너 모두 오랜 시간 진행하면서 내가 얼마나 운이 좋은 사람인지 깨닫게 됐다. 어떤 선배들은 오랜 기자 생활에도 본인 이름을 건 방송이나 연재물 하나 맡지 못하는데 나는 운이 참 좋다고 말했다. 그때는 그 말이 거슬렸다. 나의 노력을 알지도 못하면서 쉽게 내뱉는 말이라고만 생각했다. 하지만 돌이켜 생각해 보니 선배의 말이 옳았다. 운이 좋았기에 코너를 두 개씩 연달아 맡을 수 있었던 게 사실이다. 그러나 끊임없이 노력했기에 오랜 시간 유지할 수 있었던 것 역시 사실이다.

라디오 방송사에서 기자로서 방송을 처음 시작했을 때부터 '방송은 약속'이라고 생각했다. 초심을 잃지 말아야 한다는 나 자신과의 다짐이자 시청자와의 약속이라고. 처음의 마음가짐을 지켜 내려고 노력한 데는 내 이름이 주는 압박감이 컸다. 방송 때마다 시청자들에게 소개되는 이름 세 글자는 내게 책임이 무엇인지 가르쳐 줬다.

"명의(名醫)들을 만나겠지만 환자가 우선입니다"

기자가 된 후 수많은 사람을 만났지만 단 한 번의 만남인데도 잊히지 않는 얼굴, 기억나는 목소리가 있다. 환자(患者)들이다. 함께한 시간은 길지 않았지만, 그들과 나의 공감 밀도(密度)는 높았다. 국민의 알 권리라는 이유로 그들은 자신의 삶을 들여다보도록 허락했다.

질병 취재는 환자의 건강 상태 이야기를 듣는 데서 시작한다. 진단후 현재 상태는 어떤지, 어떤 변화가 있는지, 어떻게 진단받았고 전조 증상은 없었는지, 무슨 치료를 받고 있고 치료 경과는 어떤지를 묻는 게 주가 된다. 질문은 일상까지 파고든다. 다른 만성질환은 없는지, 생활 습관은 어땠는지 등. 질병 발생 기저에 대해 취재하지만, 삶 전반을 접할 수 있다는 얘기다.

환자 인터뷰는 매우 예민한 작업이다. 환자가 기자에게 그것도 방송용 카메라 앞에서 자신을 노출하는 것은 쉬운 일이 아니다. 기자는 인터뷰로 인해 상태가 나빠질 수도 있다는 가능성까지 생각해야 한다. 특히 중증 환자의 경우 혈압이 오르는 등의 응급 상황이 발생할 수도 있다. 따라서 기자는 인터뷰 내내 환자를 살펴야 하고 약속 시간 안에 인터뷰를 마쳐야 한다. 환자는 몸과 마음이 약해진 상태이기에 기자는 말 한마디라도 따뜻하게, 배려하는 모습을 보여야 한다.

가령 대장암 환자에게 진단이 늦어진 것과 관련해 물어야 한다면, 단도직입적으로 질문하면 안 된다. "대장암도 다른 암처럼 초기에는 별다른 증상이 없다고 하더라고요. 진행된 상태여야 증상이 나타난다고 하는데, 환자분은 어떤 점이 불편하셨나요?" 이런 식으로 부드러운 말투로 완곡하게 질문해야 한다. 환자가 거부감 없이 말하도록 유도하기 위함이다. 왜냐하면 암이 많이 진행됐을 경우 대부분 검진을 제때 하지 못해 늦게 발견된 것이라서 직접적으로 물어보면 이들에게 상처가 될 수 있기 때문이다. 행여나 늦게 발견된 이유가 본인의 무지나 게으름, 부족한 정보력 때문이라고 느끼지 않도록 대화를 잘 이끌어야 한다. 환자가 질문받고 자신을 책망하는 일이 없게 해야 한다는 것이다. 이때 보호자의 심기를 살피는 것도 중요하다. 보호자 중에는 환자 상태가 악화한 게 본인 탓이라 생각하고 죄책감에 괴로워하는 이들이 상당하다. 보호자들이 자책하지 않도록 기자는 말 한 마디 한 마디를 신중하게 해야 하고 표정이나 눈빛, 동작도 신경 써야 한다.

에피소드 I
목소리를 잃은 후두암 환자, 입술로 말하다

2013년 여름, 후두암 말기 환자를 인터뷰했다. 후두암 말기라고 해도 단어 정도는 표현할 줄 알았는데 환자는 그런 상태가 아니었다. 목소리를 거의 잃은 상태였다. 기자로서 여러 가능성을 생각하고 인터뷰에 나섰어야 했다. 그래도 손톱만큼의 희망으로 환자 주변을 맴돌았는데 환자가 내 한쪽 팔을 잡는 것 아닌가. 뭔가 할 말이 있는 것 같았다.

"선생님, 하고 싶은 말씀 있으세요?"
"흐으으."

환자가 고개를 끄덕이며 소리를 내는 것으로 미뤄 '흐으으'는 긍정적인 답변을 뜻했다.

그가 카메라 앞에 비스듬히 자리했다. 침대에 기대어 앉아 호흡에만 집중하는 그에게 어떤 질문도 할 수가 없었다. 하고 싶은 말을 해 달라고 했다. 그가 뭐라고 말하는데, 온통 '흐으으'가 반복되는 것처럼 들렸다. 내가 알아듣지 못하자 그는 반복했다. '무슨 말을 하는 걸까?' 그의 입술을 보면서 알아차릴 수 있었다. 말라 버린 입술이 미세하게 움직였고 소리로 전해졌다.

"담배 피우지 마세요."

이 말을 하려고 있는 힘을 모아 소리를 냈다. 아프지 않았다면 호흡하듯 쉽게 뱉는 한 문장이지만, 지금은 사력을 다해야 하는 상황이다. 인터뷰를 마친 그는 기침하며 온몸을 들썩거렸다. 덩실덩실 춤을 추는 것 같은 움직임은 왜소한 어깨, 나뭇가지처럼 튀어나온 쇄

골, 장작처럼 말라 버린 그의 몸을 유난히 드러냈다. 기침이 격해지자 내가 한쪽 어깨를 붙잡았다. 그는 나를 밀쳐 냈다. 빨리 병실서 나가라는 뜻이었다. 병실 문을 여는 순간 쓰레기통 밖으로 빠져나온 휴지 조각이 눈에 들어왔다. 누런 가래와 분비물이 말라붙어 있는, 그의 체액이었다.

인터뷰는 환자의 고통이 극명하게 드러난다는 이유로 방송되지 못했다. 이 환자와의 만남은 두 가지를 생각하게 해 줬다. 환자 인권과 국민의 알 권리 사이에서 어떻게 균형을 잡아야 하는지, 그리고 내가 고통이 따르는 시한부 생을 살게 된다면 환자들이 인터뷰에 나선 것처럼 이 사회를 향한 '기여'를 생각할 수 있는지.

환자는 가을이 오기 전에 삶을 마쳤다. "담배 피우지 마세요"라는 이 말은, 환자가 사력을 다해 자기 자신으로부터 끌어올린 마지막 말이었는지도 모르겠다.

에피소드 II
며칠 전 인터뷰한 환자가 죽었다

'내가 만난 환자도 죽을 수 있구나.'

2010년 1월, 눈이 펑펑 내리던 날에 소아 백혈병 환자를 만나러 갔다. 항암 치료로 머리카락이 모두 빠진 열 살 여자아이는 밝았다. 아역 탤런트가 환자 연기를 하는 것 같은 착각이 들 정도로.

소독 가운을 입고 모자와 마스크를 착용한 채 병실 안으로 들어갔다. 무균실 방문은 처음이었다. 일반 병실과 다른 게 없어 보인다고 생각하는 순간 미끈한 머리통이 눈에 들어왔다. 고개를 숙이고 그림 그리기에 몰두한, 내가 인터뷰할 아이였다. 아이 부모님은 홍보팀 직원과 나를 반겼다.

"안녕하세요. 제 기사 잘 써 주세요."
"으응…."

생각했던 소아 백혈병 환자의 모습이 아니었다. 머리카락만 없을 뿐이지 하고 싶은 말을 스스럼없이 하는 또래 아이들과 같았다. 큰 고통이 따르는 치료 속에서 천진함을 잃지 않도록 돌본 부모님의 사랑이 위대하다고 느꼈다. 내가 질문할 때마다 부모님은 아이의 말 한마디, 표정 하나하나를 숨죽여 바라봤다.

'저렇게 힘든 상황에서도 자식이 말 한마디 제대로 하길 바라는 게 부모 마음이구나. 부모 마음이란 게 저런 거구나.'

인터뷰는 쉽게 끝났다. 아이 상태에 대한 건 주치의 교수로부터 이야기를 들었고 아이 부모님과도 전화로 이미 취재를 마쳤다. 아이는 기사를 빨리 보고 싶다고 했다.

"기사가 언제 실릴지 정해지면 언니가 병원에 알려 줄 거야. 그날 병원에서 엄마랑 아빠한테 신문을 전해 주는 거지."

아이의 검은 눈동자가 커졌다. 아이는 자신의 상태가 좋아지고 있다는 걸 학교 친구들과 선생님이 신문 기사를 통해 알게 되길 바랐다. 인터뷰를 마치고 병실을 나서려는데 아이가 사진을 한 장 보여 줬다.

"머리가 이렇게 길었어요. 예쁘죠?"

초등학교 입학식 때였다. 내 눈에는 숱이 많은 것만 보였다. 사진 속 소녀가 말했다.

'기사 잘 써 주세요. 친구들이랑 선생님이 볼 거예요.'

일주일쯤 지났을까, 아이는 기사를 읽어 보지 못한 채 세상을 떠났다. 호전되는 상태였기에 그런 일이 생길 것이라고 의료진도 예상하지 못했다. 기사는 다른 이유로 포털 등 온라인으로만 송고된 상태였다. 보도된 날 아침 병원으로부터 전화를 받았다.

"기자님, 기사 잘 봤습니다. 그런데 어떡하죠. 아이가 죽었어요. 저희도 조금 전에 알게 됐어요. 얘가 기사 나오면 알려 달라고 했는데…."

홍보팀 직원의 말이 채 끝나기도 전에 전화를 끊었다. 아이는 죽고 없는데, 나는 암 병동 르포 기사를 통해서 소아암 생존율이 높아지고 있다며 희망을 이야기했다. 예시로 그 아이가 나왔다. 기사에는 치료 경과가 좋다는 주치의 소견과 함께 이를 뒷받침할 각종 통계와 논문, 현장에서 느꼈던 기자로서의 감(感)도 담겼다. 이런 기사는 집안에 누군가 소아암을 겪고 있거나 잃은 적이 있는 사람들이 글자 하나도 빠뜨리지 않고 읽는다는 걸 잘 알고 있었다. 모든 게 혼란스러웠다. 오보를 날린 것 같은 부끄러움과 참담함, 자괴감, 아이와 아이 부모에 대한 미안함, 죄책감이 뒤섞였다. 그런 와중에 기사를 잘 봤다는 지인들의 문자 메시지가 이어졌다.

"우리 병원에도 이런 좋은 사례 있어요. 기자님, 다음에는 우리도 인터뷰해 주세요."
"지수야, 이런 훈훈한 기사 앞으로 많이 써 줘."
"기자님, 학회에서도 소아암 완치한 아이들 추적 관리 잘하겠습니다. 감사합니다."
"김 기자, 소아암을 치료하는 의사로서 보람을 느끼게 하는 기사네요. 조만간 식사합시다."

문자 메시지를 하나씩 지웠다. 메시지를 지우는 순간에 기사 잘 봤다는 또 다른 메시지가 화면에 떴다. 무섭고 두려웠다. 내 기사가 오보인가 아닌가 이런 두려움이 아니었다. 아이 가족뿐 아니라 다른 소아암 환자와 가족에게 죄를 지은 것만 같았다. 아이 부모님에게 빨리 연락하는 게 맞는 것 같았지만, 자식을 잃은 부모에게 어떤 말을 전해야 할지, 기사를 어떻게 설명해야 할지 깜깜했다. 그날 밤 아이 아버지에게서 문자 메시지가 왔다.

"아이가 좋은 추억 갖고 떠났어요. 우리 아이처럼 아픈 친구들에게 관심 가져 주세요. 수고하셨어요. 감사합니다."

아이 부모님은 기사를 봤고, 아이 소식을 전해 들었을 내 마음이 무거울 것으로 생각한 것 같았다. 자식을 잃은 상황에서도 타인의 마음을 헤아려 주는 이들을 생각하니 감사할 뿐이었다. 미안한 마음이 조금 줄어든 후에야 아이 생각이 났다. 봄에는 학교에 갈 수 있을 거라며 좋아하던 아이가 세상에 없다. 나는 아이 부모님에게 짧은 답장을 보냈다.

'죄송합니다.'

에피소드 Ⅲ
산소통을 달고 나타난 COPD 환자

"내가 죄를 지은 것도 아니고 모자이크 처리는 무슨···. 얼굴 나와도 돼요. 뭘 가려요. 그냥 찍어요."

구안와사라는 병으로 얼굴 한쪽이 일그러졌는데도, 뇌졸중 후유증으로 말을 더듬는 상태가 됐는데도, 당뇨를 관리하지 못해 발이 괴사했는데도 그들은 카메라 앞에서 주저함이 없었다.

환자들은 아프니까 예민해서 의사소통이 어렵겠다고 생각했다. 인터뷰에 잘 응해 주지 않을 것이고, 인터뷰하더라도 소극적일 것이라고 여겼다. 나의 섣부른 판단이자 오해였다. 내가 만난 환자는 대부분 적극적이었고 같은 병을 겪는 사람들에게 애정이 있었다. 자신들의 투병 경험이 누군가에게 도움이 되길 바라는 마음이 컸다. 특히 중증인데도, 심지어 여명이 얼마 남지 않았는데도 자신처럼 병을 방치하지 말라고 당부했다.

2016년 10월, 폐 기능이 떨어져 호흡이 점점 어려워지는 만성폐쇄성폐질환(COPD) 환자가 산소통을 매단 채 인터뷰 장소로 왔다. 중증의 COPD 환자는 노크 없이 문을 열고 들어왔다. '포스'가 대단했다. 문이 '쾅' 열리더니 코 산소 연결줄을 착용한 환자가 거친 숨소리를 내며 휠체어를 끌고 들어왔다. 휠체어 뒤에는 몸통만 한 산소통이 달려 있었다. 정상인은 숨을 들이쉴 때 기도가 넓어지고 내쉴 때는 좁아지는데, COPD 환자는 좁아지는 정도가 병적으로 심해져 고르게 숨을 쉴 수 없고 숨이 찬다. 그 환자의 숨이 차는 소리는 화산이 폭발 전에 내는 소리 같았다. 중증 환자를 많이 만나 왔기에 환자 상태가 심해도 표정으로 드러내지 않는다고 자신했는데 내 눈이 어느새 커졌다. 환자에게 엄청난 '포스'를 느꼈다는 표현이 환자에게 실례될 수도 있겠지만, 멋졌다. '멋짐'으로만 설명이 가능하다. 안 좋은 상태인데도 인터뷰하겠다며 보호자 없이 나타났다. 그렇게 코에 산소 연결줄을 끼고 크고 묵직한 산소통을 매달고 휠체어 바퀴를 밀며 등장했다.

"내가 무슨 말을 해 줄까요?"
그가 처음으로 한 말이다.

"기침과 숨이 차는 증상이 자주 있었어요. 조금 지나면 괜찮아져서 방치한 게 화근이었어요. 기침하는 게 오래 지속되면 병원에 가야 합니다. 너무 늦게 발견하면 치료가 안 돼요. 저처럼 병을 방치하지 마세요."

숨이 차는 걸 간신히 참아 가며 말했다. 마음속에 온통 자신만으로 가득 차 있는 게 자연스러운 상황이었다. 그런데도 이 사회를 생각하고 마음을 내어 준 점은 오직 '멋지다'라는 말로만 설명할 수 있었다. 몸이 아프면 자기중심적으로 바뀌는 게 자연스러운 인간의 모습일 텐데 이타적으로 바뀐 이유는 무엇일까. 이를 깨닫기까지 오래 걸리지 않았다. 이유는 환자들이 했던 말에서 찾을 수 있었다.

2017년 11월, 신경외과 외래에서 만난 50대 뇌졸중 환자는 야간 근무를 하다가 쓰러졌다고 했다. 후유증으로 한쪽 팔다리를 쓸 수 없게 됐다. 그는 말했다.

"무슨 날벼락인가 했어요. 하루아침에 병신이 됐잖아요. 그런데 제가 운이 무지 좋은 거더라고요. 뇌졸중에 대해 알게 되니까 이렇게 살아 있는 게 정말 다행이라는 생각이 들었어요. 죽을 수도 있었거든요. 사람들이 이런 병을 알았으면 좋겠어요. 그러면 불상사를 막을 수 있잖아요."

환자들은 투병을 통해 깨달은 것을 세상을 향해 소리치고 있었다. 병을 빨리 발견해 자신들처럼 되지 말라고.

환자 인터뷰는 병을 겪는 사람들을 만나 이야기를 듣는 일로 시작했다. 환자와의 만남이 늘어 갈수록 살아야 하는 이유, 고통 속에서도 살아야 하는 이유가 뭔지 스스로 묻고 답하는 시간이 늘었다. 첫 출입처였던 서울시청을 떠날 때 한 취재원이 당부했던 말이 있는데, 시간이 흐르면서 수시로 머리를 스쳐 갔다.

"앞으로 수많은 명의(名醫)를 만나겠지만, 잊지 마세요. 어떤 취재든 환자가 중심에 있습니다. 환자가 우선입니다."

3,923일의 생존 기록

part 4

내 운명을 사랑하기로 했다

유명 여배우와 10여 년만의 재회

봄이 싫었다. 징글징글했다.

만물이 소생한다는 생명의 계절이 끔찍했다.

2012년 여름이 돼서야 알게 됐다.

왜 난 봄을 좋아할 수 없는지…. 마음의 병이 심각했다.

마음에 탈이 나기 시작한 건 스무 살 무렵이었다. 고3 때 아버지가 난치병 진단을 받은 후 나는 어둠 속에 갇혔다. 그래도 견딜 수 있었던 건 꿈이 있어서였다. 꿈을 향해 나아갈 수 있다는 이유 하나로 슬픔을 억누를 수 있었다. 하지만 속으로 삭일수록 슬픔은 내 안에 잠식해 갔고 나를 갉아먹었다. 2011년 11월, 대규모 언론사로 이직해 꿈꾸던 것을 이뤘지만 수시로 주체할 수 없는 슬픔이 밀려왔다. 그렇게 몇 달이 흐르고 여름으로 접어들었다. 그러다가 터지고야 말았다. 영상취재팀 후배들과 대형 마트에서 진동 칫솔을 촬영할 때였다. 나는 슬며시 생활용품 코너로 들어섰다. 마트 직원에게 물었다.

"아주머니, 번개탄은 어디 있나요?"

마트 직원은 흠칫 놀랐다.

"저기 캠핑 코너에 가 보세요. 있을 거예요."

직원은 나를 흘깃흘깃 쳐다봤다.

'왜 이렇게 놀라. 내 표정이 너무 진지했나.'

번개탄이 캠핑용품 사이에 쌓여 있었다. 종류도 많았다. 온통 묶음으로 포장돼 있었다. '이렇게 많은 번개탄이 필요한 사람이 있을까. 맞아, 연탄을 피우는 사람들은 필요하지.' 어렸을 때 집에 연탄불이 꺼졌을 때 번개탄을 사용하던 게 기억났다. 그 후로는 본 적이 없었던 것 같다. 어느새 손에 번개탄이 들려 있었다. 10개짜리 묶음이었다. 그때 후배 목소리가 들렸다.

"선배, 여기 계셨네요. 직원이 알려 줬어요. 캠핑 코너에 가면 된다고요. 근데 이번 주말에 바비큐 파티라도 하나 봐요. 여기에 고기 구워 먹으면 맛있죠."

직원이 어떻게 나를 기억했는지 신기했다. 후배는 더 잘 구워지는 게 있다며 다른 제품을 추천해 줬다. 후배의 설명을 들으면서도 내가 골랐던 제품을 손에 꼭 쥐고 있었다. 뺏기기 싫은 것처럼. 그때 난 무언가에 홀린 듯했다. 정신건강의학과 전문의에 따르면, 번개탄을 집어든 건 오랜 시간 방치된 우울증 때문이었다.

신(神)은 결정적인 순간 내 손을 잡아 줬다. 신은 내게 '시그널'을 보냈고 나는 그걸 알아차렸다. 번개탄을 구매한 다음 날은 주말 근무일이었는데, 그날 회사 보도국에서 영화 촬영이 있었다. 회사 로비로 들어선 내게 누군가가 인사했다. PD 후배는 빨리 들어가야 한다며 나를 앞질러 갔다. 그에게 고정됐던 시선이 엘리베이터 앞 젊은 여성에게 옮겨졌다. 큰 키에 늘씬한 뒷모습이 한눈에 들어왔다. 나는 그녀 바로 뒤에 섰다. 엘리베이터 문이 열리자 그녀는 일행과 함께 탑승했다. 그들은 문 쪽을 향해 방향을 틀었다. 그녀는 아직 엘리베이터를 타지 않은 나와 마주했다.

'이럴 수가, 그녀다. 그때 봤던 그녀다. 우리는 10여 년 전 같은 촬영장에 있었다.'

유명 여배우인 그녀는 영화 촬영 때문에 보도국으로 이동하는 중이었다. 영화에서 기자로 출연하는 여배우는 내 목에 걸려 있는 사원증을 보더니 기자임을 알고 가볍게 인사했다. 나는 멍하니 그녀를 바라봤다. 한 마리 학을 연상시키는 청아한 이미지는 여전했고, 가늘고 긴 목에 쌍꺼풀 없는 큰 눈은 더 깊어졌다.

2000년이 밝고 얼마 되지 않았을 무렵 드라마 촬영장에서 그녀를 처음 봤다. 당시 그녀는 신인 탤런트였고 나는 단역을 맡기 위해 무작정 기다려야 하는 연기 지망생이었다. 그날 촬영은 경기도 한 대학병원에서 진행됐고 그녀는 조연으로 출연했다. 당시 그녀는 얼굴이 대중에게 막 알려지기 시작한 때였다. 그녀가 몹시 부러웠던 나로서는 그날 그녀의 말과 행동, 표정 하나까지 살피기 바빴다. 세련된 패션에 통통 튀었던 말투와 시원한 웃음이 인상적이었던 그녀는 이날도 자신의 매력을 뽐냈다. 드라마 감독과 이야기하면서 큰 눈이 반달 모양을 그리며 웃는 그녀가 얼마나 부러웠는지 모른다. 감독도 신인 탤런트를 따뜻하게 대해 줬다.

그녀를 다시 보게 될 거라고는 생각한 적이 없었다. 첫 만남에서 우리는 어떤 접촉도 없었고, 그녀에게 가까이 갈 수 없는 현실적 거리감이 존재했다. 그날 이후 그녀를 떠올릴 때가 많았다. 연기자의 꿈을 내려놓기 전까지.

시간이 흘렀고 그녀가 나오는 작품을 보더라도 그날의 기억은 희미해졌다. 연기자의 꿈을 향해 달려가던 지난날도 기억 저편에 자리 잡게 됐다. 기자가 돼 회사에서 그녀와 조우하기 전까지 말이다.

풋풋한 신인에서 성숙미 물씬 풍기는 여배우로 성장한 그녀와의 마주침, 아주 잠깐의 스침이었다. 하지만 그 짧은 순간, 그녀와의 두 번째 만남이 삶의 낭떠러지에 서 있는 나를 붙잡아 줬다. 그녀를 통해 10여 년간 잊고 지냈던, 꿈을 이루기 위해 모든 걸 참고 견디던 과거의 내가 떠올랐다. 열악한 환경에서도 좌절하지 않고 얼마나 치열하게 노력했던가. 꿈이 있다는 것만으로 가슴 벅찼고 어떤 고통도 이겨 낼 수 있었다. 여의도 광장에 서서 방송사 건물을 바라보며 다졌던 각오, 드라마 PD에게 먼저 연락해 오디션 기회를 달라고 했던 패기, 밥 먹는 시간을 아끼려고 비빔밥만 먹었던 날들, 미래의 나를 상상하며 가슴 설레던 수많은 밤…. 소중하고 아름다웠던 나의 20대가 내게 말을 건넸다.

'벌써 잊은 거야? 네가 얼마나 노력했는데, 네가 얼마나 멋지게 도전했는데. 그날들을 잊으면 안 되지. 너를 보며 꿈을 꾸는 이들도 생길 거야. 그러니까 살아야지. 어떻게든 살아 내야 해.'

현재 나를 둘러싼 모든 상황이 제대로 보이기 시작했다. 해서는 안 되는 생각이 끊임없이 떠오르고 이성이 제 역할을 못 하는 이 현상, 무언가에 홀린 이 현상은 병적인 증상일 수 있다는 생각이 들었다. 뭔가 잘못됐다는 '시그널'이 읽혔다. 신이 보내는 '시그널'이었다. 과거의 내가 지금의 나에게 소리쳤다.

'지수야, 정신 차려! 이건 아니야. 너도 이제는 네가 잘못되어 가고 있다는 걸 알게 됐잖아. 이 상황은 네가 컨트롤할 수 있는 게 아니야. 그동안 너무 아팠는데, 네가 그걸 모른 척했어. 여기서 벗어날 수 있어!'

그러자 마음이 급해졌다. 월요일 아침 서둘러 대학병원 정신건강의학과 외래를 찾았다. 비록 우울증과 공황장애, 불안장애 진단을 받았지만, 마음이 후련했다. 내 의지대로 되지 않는 이 현상이 병적 증상이고 치료받으면 나을 수 있다는 걸 알게 되니 살 것 같았다. 탈출구가 보였다. 길고 긴 어두운 터널, 끝이 보이지 않는 터널을 빠져나온 기분이었다.

"지수 씨 상황에서 그런 일이 생길 수 있어요. 우울감이 생기지 않는 게 오히려 이상할 수 있죠. 너무 열심히 사셨다는 얘기입니다. 병원 오신 거 정말 잘하신 일이에요. 의사로서 말씀드려요. 고맙습니다. 이제는 저희에게 모든 걸 맡겨 주세요. 고생 많으셨어요. 입원해서 푹 쉬면 좋아집니다. 다들 회복해서 퇴원하거든요."

이런 증상이 나타나지 않은 게 오히려 이상할 정도라는 의사의 말에 안심이 됐다.

'그럴 수도 있구나.'

이제부터는 모든 걸 의료진에게 맡기라는 말에 위안받았다. 병원에 오길 정말 잘했다는 생각이 계속 들었다. 입원을 위한 첫 상담 과정에서 이미 치유된 것 같았다.

계절이 두 번 바뀌니 2013년 봄이 찾아왔다. 치료를 시작하고 처음 맞는 봄은 신비로웠다. 풀이 돋아나면서 내뿜는 비릿한 냄새가 좋았고, 애벌레의 연둣빛이 예뻤다. 그동안 마비돼 제 기능을 하지 못했던 감각들이 되살아났다. 내가 발견한 건 생명력이었다. 이름 모를 꽃이나 풀, 벌레 같은 작은 생물에서도 활기를 느꼈고 생명이 얼마나 신비로운 것인지 알 수 있었다.

그렇게 내 인생의 '봄'도 오는 것 같았다. 치료 후 몇 년간은 그렇게…. 사실 그때 느꼈던 감정이 치료 효과 때문인지 아니면 치유되길 간절히 바라는 나의 마음이 투영됐기 때문인지 아직도 잘 모르겠다. 그 두 가지 모두 맞을 수도 있다. 어쨌든, 중요한 건 변화였다. 치료를 시작한 후 어떤 상황에서 정서적으로 취약해지는지, 어떻게 대처하고 관리해야 하는지 알게 됐다. 이런 마음 관리 '노하우'를 터득하기까지 험난한 과정이 있었던 것도 사실이다. 몇 년간 다 나은 것처럼 잘 지냈기에 병이 재발했을 때 나와 주치의가 받은 충격은 컸다. 잘 지냈기에 또다시 나빠질 것으로 생각하지 못했다. 단 한 번도 약 복용을 거른 적이 없고 최상의 컨디션을 유지하도록 운동과 식습관도 철저히 관리했다. 술까지 완벽히 끊었다.

2015년 여름, 재발한 병 앞에 한없이 작아지는 나를 발견했다. 3년간 그리 노력하고 경과도 좋았는데 왜 재발하는지 이해할 수 없었다. 어떻게 해야 하나, 노력하는데도 재발한다면 어떻게 해야 하나. 또다시 재발했을 때 직감했다. 평생 이럴 거 같다고. 이게 내 삶의 한 부분이 될 거라고. 우울과 공황이 내 삶에서 뗄 수 없는 부분이 될 거라고. 거듭되는 재발에 나는 받아들임을 선택했다. 어차피 이건 내 인생이다. 우울과 공황이 삶의 일부라면 받아들이는 수밖에. 힘들게 하는 건 사실이지만, 미워하지 않기로 마음먹었다. 안고 가야 한다고 생각했다. 나는 나를 사랑하기 때문에 내 병 또한 사랑하기로. 깨닫기까지 힘들었고 외로웠다.

다시 중심을 잡을 수 있었고 중심추는 더 단단해졌다. 그래도 관리하기 때문에 재발했을 때 타격이 적다는 데서 위로받았다. 언제든 재발할 가능성을 생각하고 어떻게 대처해야 할지 '시뮬레이션'하면서 살아가고 있다.

달라진 건 그뿐만이 아니었다. 신(神)이 절체절명의 순간 내 손을 잡아 준 후 나와 비슷한 이유로 '봄'을 누리지 못하는 사람들에 대한 애정이 생겼다. 보건의료 전문기자로서 또 환자로서 겪었던 경험을 바탕으로 그들을 돕고 싶은 마음이 생겼다. 전문기자의 시각에서 정신건강의학과 치료가 얼마나 중요한지 보이기 시작했다. 잘못된 이해와 편견으로 치료를 주저하는 환자들이 병원 문을 두드릴 수 있도록 의학 정보를 정확하고 알기 쉽게 보도하는 게 나의 일이라는 걸 깨달았다. 마음의 병이 있는 사람들이 거부감 없이 병원을 찾게 하려고 신이 내게 우울증을 겪게 했다고 생각하기도 했다. 이런 생각은 사명감, 소명 의식으로 거듭났다.

나는 특히 방송 보도에서 우울증 등 정신건강 문제를 많이 다뤄야 한다고 생각했다. 무거운 주제로만 바라보지 않도록 인식을 개선하는 일이 시급하다고 생각했다. 우울증을 방치하면 돌이킬 수 없는 상황에 놓일 위험성이 커진다는 것, 완치가 어려운 경우라도 꾸준히 치료하고 관리하면 일상에서 어려움 없이 지낼 수 있다는 것에 주목하고 목소리를 냈다. 정부와 정신과 학회가 우울증 등 정신질환 통계를 발표할 때마다 무조건 리포트로 보도했고, 사건·사고 보도로 그칠 수 있는 자살 문제도 정신과 전문의 인터뷰를 통해 리포트로 키워서 보도했다. 2016년 9월, 자살 예방에 대한 관심을 높이고 국민 인식을 개선해 사회적 논의를 이끌어 왔다는 공로를 인정받아 (사)한국자살예방협회 보도 부문 생명사랑대상을 수상했다. 2015년 12월에는 보건복지부-중앙자살예방센터 자살 예방 공익광고에 의학전문기자로 출연하기도 했다. 나의 투병 경험이 정부와 전문가 집단 쪽으로 치우치기 쉬운 기자로서 시각에 균형을 잡는 데 도움이 된 것은 당연하다.

2023년 봄, 가장 최근의 봄이다. 이때는 어땠을까. 내 삶의 일부인 약간의 우울감이 봄에 더 심해질 수 있다는 걸 잘 알기에 대비했고 그럭저럭 잘 지낼 수 있었다. 신체 컨디션이 좋지 않으면 정서적으로 영향받기 때문에 우선 일정한 시간에 잠들고 기상하는 걸 반드시 지키고, 매일 조금이라도 운동하며 최상의 컨디션을 유지하려고 노력했다. 이런 관리는 일교차가 큰 환절기에 감기 걸리지 않게 옷을 겹쳐 입고 따뜻한 물을 자주 마시는 등 예방 조치를 실행하는 것과 같은 이치다. 우울감이 어떤 때 증폭된다는 걸 잘 알고 있어 그런 위험 요인을 제거하는 데 신경 쓰며 철저하게 관리했다. 그럼에도 불구하고 우울감으로 힘들 때는 이렇게 나 자신에게 말했다.

"지수야, 우울감이 완벽하게 사라질 순 없어. 그래도 넌 너 자신을 이렇게 관리하고 아끼고 사랑하고 있잖아. 그걸로 충분해. 충분히 잘하고 있어."

나는 상처 받길 허락하지 않았다

'충전 중 15%. 1시간 후 충전이 완료됩니다.'

휴대전화를 충전기에 꽂으면 화면에 이런 문장이 뜬다. 남아 있는 배터리양과 함께 100% 충전되기까지 걸리는 시간을 알려 준다. 사람도 그러면 좋겠다. 내게 버틸 수 있는 에너지가 얼마나 남았는지, 얼마나 쉬어야 회복되는지 다른 사람이 볼 수 있으면 좋겠다. 그러면 살아가기가 덜 힘들 것 같다.

몇 번의 '번아웃'(Burnout)을 경험했다. 에너지가 방전된 상태. 가장 최근에 번아웃을 경험한 건 2018년 1월이다. 출근을 준비하다가 병원으로 갔다. 무기력이 절정으로 치닫는 것 같았다. 그 무기력이란 누가 달려와 내 뺨을 쳐도 왜 때리냐며 항의할 마음이 없는 수준이다. 모든 게 다 귀찮다. 깨지 않는 잠을 자고 싶다는 마음뿐. 어떤 생각으로도 컨트롤되지 않는다. 다행스러운 건 입원할 시점을 알고 실행했다는 점이다. 평소에 어떻게든 살아야 한다며 나 자신을 끝없이 세뇌한 것 같다. 그래서 내 마음 한구석에 살고자 하는 의지가 남아 있었던 거 같다. 꺼지지 않는, 언제든 타오를 수 있는 불씨. 살고자 하는 희망의 불씨다.

주치의 교수는 이번에는 예전과 좀 다르다면서 휴직하는 게 좋겠다고 말했다. 나는 싫다고 버텼다. 그때 친한 정신과 교수가 병실에 메모를 남기고 갔다.

"언니, 병가(病暇)라도 내요. 병가 내도 월급이 어느 정도 나온대요. 나 같으면 병가 내겠다."

병가를 내기로 했다. 두 달 정도 쉬는 건 부담이 덜 했다. 병가 동안 지겨울 정도로 쉬라는 주치의 지시가 있었다. 당시 새로운 약에 적응해야 해서 어지럽고 멍하고 피로감도 심했다. 예전에는 회사 다니면서 약을 몇 번이나 바꿨는데, 그때마다 어떻게 버텼나 신기했다. 이번에는 집에서 쉬는 상황인데도 쉽지 않았다. 휴대전화 벨 소리와 메신저 알람 소리에 놀라고 신문이나 방송을 접하면 현기증이 느껴졌다. 글자가 모여 단어와 문장이 되어 어떤 메시지가 머릿속에 들어오는 걸 견딜 수가 없었다. 음악도 소음에 불과했다. 독서, TV 시청, 음악 듣기 등 무언가를 몇 분간 지속하면 공황장애가 나타났다. 아무것도 아무 생각도 하지 않아야 숨을 쉴 수가 있었다.

'나의 상태가 이 정도로 좋지 않아서 병가라도 내야 한다고 했구나.'

한 달이 흘렀고 쉬는 게 지겨워지기 시작할 무렵 주치의에게서 억지로라도 외출해 보라는 처방이 떨어졌다. 예전 같으면 화장도 하고 단정한 옷으로 갈아입을 텐데, 모든 게 귀찮았다. 그렇지만 주치의 말을 들어야 한다고 생각했고, 외출 준비에 들어갔다.

오랜만에 화장대 앞에 앉으니 화장품들이 주인을 기다리는 유실물처럼 보였다. 한 달 사이 손이 가지 않아 먼지가 쌓였고 거울은 흐릿했다. 거울에 낯선 여자가 보였다. 생기라고는 전혀 없는 회색빛 얼굴이었다. 숙제하듯 외출 준비를 시작했다. 얼굴에 파운데이션을 바르니 생기가 돌았다. 듬성듬성해진 눈썹을 눈썹연필로 메꾸고 눈 화장과 입술 화장까지 하니 예전 얼굴이 보이기 시작했다. 힘없이 주저앉은 머리카락에 고데기로 컬을 만드니 예전 모습이 나왔다. 그렇게 단장하고 찾은 곳은 동네 카페였다.

'예전에는 이곳에서 어머니와 많은 이야기를 나눴는데… 꿈을 이야기할 때 내 눈이 빛났을 거야. 지금의 나는 어떤 의욕도 없어.'

그런데 마음 한쪽에서 이런 외침이 들렸다.

'지수야, 이렇게 집 밖으로 나온 것만으로도 큰 발전이야.'

매일 아침 동네 카페로 향했다. 창가에 앉아 밖을 바라보는 게 유일한 일이었다. 지나가는 사람들을 구경하는 것도 아니었다. 아무 생각 없이 앞을 응시할 뿐이었다. 멍하니 카페에 앉아 있어도 단정하게 화장과 머리 손질을 하고 옷도 출근하는 복장으로 입고 있었다. 그러다가 자리에서 일어설 때 식어 버린 커피가 있다는 걸 발견했다.

'아, 여기 카페지….'

일주일쯤 됐을까. 늘 앉던 자리에 앉으니 주인이 직접 커피를 가져다 줬다. 좋은 원두가 왔다면서 샷을 공짜로 추가해 줬다. 커피잔에 담긴 샷이 추가된 아메리카노, 한약처럼 보였다. 쓰디쓴 한약, 어릴 적 한약이 만병통치약처럼 느껴졌을 때가 있었다. TV 드라마에서 주인공 엄마가 한약을 옹기 약탕기에 넣고 정성껏 달이면 주인공은 그걸 먹고 쾌차했다. 기력이 없든 칼에 맞아 다쳤든 전염병 후유증이든 무슨 병이든, 심지어 상사병에 걸린 주인공도 한약 한 사발만 마시면 일어났다. 내 앞에 놓인 커피가 한약이었으면 좋겠다고 생각하고는 피식 웃었다. 창밖을 보니 봄이 오고 있었다. 봄꽃은 여자들 머리에 얼굴에 옷차림에 구두에도 피었다.

'저 여자는 화장을 왜 저렇게 했을까. 눈도 입술도 다 핑크야. 볼까지 핑크네. 눈이나 입술 중 하나는 색을 죽였어야지. 이런, 눈썹은 갈매기네. 갈매기만 보여.'

사람들의 모습이 조금씩 눈에 들어왔다. 이야기도 하나씩 들려왔다. 평소 일할 때 노트북에 연결된 이어폰을 끼는 습관이 있는데, 카페에서 무의식적으로 이어폰을 휴대전화에 연결했다. 주변 테이블에 있던 사람들은 내가 음악을 듣고 있다고 생각하고 마음 놓고 이야기하는 것 같았다. 졸지에 사람들이 하는 이야기를 여과 없이 듣게 됐다. 이야기 소재는 다양하고 흥미진진했다. 커플의 일반적인 대화부터 학부모들의 교사 평가, 취업 준비생의 하소연, 시어머니들의 며느리 흉보기, 고부간 기 싸움, 불륜 남녀의 은밀한 대화…. 저마다의

사연을 '리얼'하게 접했다.

'사람들 이야기가 귀에 들어올 줄이야.'

예전에는 사람들 이야기가 전혀 들리지 않았다. 시끄럽다고 느껴졌을 뿐, 그 이면의 '스토리'는 전혀 들리지 않았다. 매일 카페에 가는 게 드라마 몇 편을 시청하러 가는 것 같았다. '오늘은 또 어떤 이야기일까. 막장도 있겠지?' 약간의 기대, 호기심과 함께 나는 다시 세상 속으로 들어가고 있었다.

시내 카페로 활동 반경을 넓혀 갔다. 일찌감치 자리를 잡고 지나가는 사람들을 구경했다. 출근 시간대에는 커피를 들고 목적지로 향하는 사람들, 점심시간에는 동료와 커피를 마시며 이야기를 주고받는 사람들, 저녁에는 한 손에는 커피를 다른 한 손에는 소중한 사람의 손을 잡고 걸어가는 사람들을 볼 수 있었다. 처음에는 눈앞 풍경이 무성영화나 음량 볼륨을 꺼 놓은 채 TV를 보는 것처럼 느껴졌다. 유리창을 사이에 두고 카페 밖 세상과 단절된 것 같았다. 불과 몇 달 전만 해도 나 역시 저런 일상을 보냈는데, 그 사실조차 낯설었다. 하루 이틀 사흘 나흘…. 도심을 오가는 날이 늘어나면서 나도 저들처럼 생활하고 싶다는 생각이 들었다.

'트렌치코트를 입고 노트북 가방을 메고 업무용 전화를 받으며 거리를 활보했는데…'

그렇다고 해도 일상으로 돌아갈 엄두는 좀처럼 나지 않았다.

'다시 출근하면 아무 일도 없었다는 듯 일하고, 어쩌냐는 사람들의 질문에 괜찮다고 답하겠지. 늘 그랬듯이. 열심히, 악착같이 살다가 왜 한순간에 나가떨어질까? 이 패턴이 항상 반복됐어. 2~3년 잘 지내다가 번아웃으로 입원하고 회복돼 퇴원하고 또 2~3년 잘 지내다가 나가떨어지고…. 왜 계속 반복되는 걸까?'

그때, 나의 이야기를 잘 들어주던 레지던트 선생님이 했던 말이 떠올랐다.

"지수 씨, 왜 이렇게 지수 씨는 항상 힘든 걸까요?"

그때의 나는 어떤 대답도 하지 못했다. 하지만 이제는 답할 수 있을 것 같았다. 그것은 내가 상처받기를 허락했기 때문이다. 문득 2015년 8월 레지던트로부터 질문을 받고 며칠 후 무언가를 메모한 기억이 떠올랐다. 당시 읽었던 책들을 뒤져 책 모서리에 적힌 메모를 발견했다.

'아무도 내게 상처를 줄 수 없다. 내가 상처받는 걸 허락하지 않았기 때문이다.'

그때 이미 그렇게 생각했는데, 왜 잊고 있었을까. 왜 몇 년이 지나고

서야 새로운 깨달음을 얻은 것처럼 느껴졌을까. 내 마음은 그때부터 정답을 알고 있었는데, 왜 나는 그걸 잊었을까. 그건 마음이 하는 소리에 귀 기울이지 않아서였겠지.

내 상처는 사람들의 비난과 평가에 민감한 데서 기인했다. 나를 향한 비난이 부당하다고 느낄 때, 내가 제대로 평가받지 못한다고 느낄 때 손가락을 입에 가져다 댄다. 피가 나도록 손톱 주변을 물어뜯는다. 당장 내 손가락만 봐도 알 수 있었다. 비난받고 평가가 좀 잘못되면 어떻다고. 나만 떳떳하고 흔들리지 않으면 되는데 말이다. '모든 사람이 나를 좋아할 수는 없어. 저 사람은 나를 싫어하는구나. 싫어할 수도 있지. 나를 제대로 평가하는 사람들이 있으니 됐어.' 이렇게 현상으로 받아들이면 되는 것을. 진짜 적(敵)은 나였다.

거리를 둬야 보이는 게 있다. 나라는 존재를 거리를 두고 바라보니 잘못된 점들이 보였다. 나는 나에게 가혹했고 인색했고 잔인했다. 휴식이 필요한데도 몰아붙였고 조금이라도 실수하면 사정없이 비난했다. 바로 잡는 것만 남았다. 나를 안아 줘야 했다. 홀대하던 나 자신을 끌어안는 건 쉽지 않았다. 낯설고 어색했다. 시간이 갈수록 나한테 미안했다. 가장 소중하게 대해야 할 자신에게 지울 수 없는 상처만 준 것 같아 마음이 아팠다. 얼마나 외롭고 아프고 힘들었을까. 또 서운했을까. 앞으로 나 자신을 혹사해 번아웃되어 일상이 멈추는 일은 없을 것이다. 왜냐하면 상처받는 것을 허락하지 않았고, 이제는 마음이 하는 소리에 귀 기울이기 때문이다.

고(故) 임세원 교수님을 영원히 기억하며

"서울 대형 병원서 정신과 진료받던 환자가 의사 살해."

그를 직접 본 적은 없다. 취재 차 몇 차례 통화하고 조만간 보기로 약속한 것뿐. 그러다가 몇 달 뒤 속보로 그의 부고 소식을 접했다. 2018년의 마지막 날 저녁, 새해를 불과 몇 시간 앞두고 휴대전화에 속보가 떴다.

'내가 아는 사람 같은데, 어쩌지.'

휴대전화 화면에 떠 있는 속보를 클릭하면 아는 사람인지 아닌지 알게 될 텐데, 두렵다.

속보를 클릭했다. 서울 종로구에 있는 대학병원 정신건강의학과 외래에서 진료받던 환자가 의사를 살해했다는 내용이었다. 기사는 다섯 문장으로, 현재까지 파악된 사건 개요만 다뤘다. 이 내용만으로도 피살된 정신과 의사가 누구인지 추론할 수 있었다. 종로구에 있는 대학병원이라면 강북삼성병원일 것이고, 월요일 오후에 진료가 있는 분이라면 내가 아는 그분일 것이라는 예감이 들었다. 예감은 정확했다. 내 손끝은 휴대전화 메신저에 있는 그의 프로필로 향했다. 프로필 대화명은 "Today is the best day of my life." 몇 달

전 통화한 후 봤던 그대로였다.

'오늘은 내 생애 최고의 날.'

2019년 새해 벽두부터 의료계는 물론 많은 국민이 큰 충격과 슬픔에 빠졌다. 병원에서 환자가 휘두른 흉기로 목숨을 잃은 정신건강의학과 전문의 임세원 교수의 피살 소식 때문이었다. 그는 예약 없이 찾아온 자신의 환자를 배려하는 마음에 당일 진료를 수락했다가 살해됐다. 목숨을 위협받은 마지막 순간까지 진료실 앞에 있던 간호사에게 도망치라고 외치고 피신하면서도 간호사의 안전을 계속 확인했다. 그의 이타적 모습은 그를 아는 사람도 모르는 사람도 슬픔에 빠지게 했다. 특히 그는 평소 환자들에게 깊은 애정을 보이며 자살 예방에 힘써 왔기에 의료계의 충격은 더 컸다. 그의 의인(義人)적 모습은 우리 사회에 묵직한 울림과 함께 의료인의 진료 중 안전 보장이라는 과제를 던져 줬다.

국회는 의료기관 내 의료인과 환자의 안전을 강화하고 의료인 폭행 시 가중 처벌하는 내용의 일명 '임세원법'을 2019년 4월 통과시켰다. 보건복지부는 2020년 9월 임 교수를 의사자(義死者)로 인정했다. 의사자는 직무 외의 행위로 위해에 처한 다른 사람의 생명 또는 신체를 구하기 위해 자신의 생명과 신체의 위험을 무릅쓰고 구조 행위를 하다가 사망한 사람을 뜻한다. 가해자를 향한 원망 대신 '우리 함께 살아보자'라는 메시지를 전한 유족의 품격에 우리 사회는 큰 감동을 받았다. 정신질환에 대한 편견이나 혐오가 발생하지 않길 바랐던 그의 뜻을 더 널리 전하려는 움직임이 커졌다.

임세원 교수님을 뵌 적은 없다. 취재로 통화할 때마다 조만간 뵈러 가겠다고 약속했지만 결국 지키질 못했다. 교수님은 내게 특별했다. 첫 통화 때 취재원과 기자로서 이야기를 거의 다 주고받은 후 나도 모르게 이 말이 튀어나왔다.

"교수님, 저도 우울증 치료를 받고 있어요."

몇 초간 정적이 흘렀다.

"기자님, 지금은 괜찮으세요?"
"네, 열심히 관리하고 있어요. 교수님, 제가 읽으면 도움이 될 만한 책 좀 추천해 주세요."

또, 몇 초간 조용했다. 교수님이 단호하게 외쳤다. 마치 퀴즈의 정답을 이야기하듯.

"『죽고 싶은 사람은 없다』."

나는 웃음이 터졌다.

"하하하, 그 책은 교수님께서 쓰신 거잖아요. 하하하, 죄송한데 너무 웃겨요. 책을 추천해 달라고 했는데, 본인 책을 추천해 주셨어요. 하하하."

교수님도 나를 따라서 크게 웃으셨다. 임 교수님을 알게 된 건 그와 친한 의료진을 통해서였고 그중 한 명이 그가 쓴 『죽고 싶은 사람은 없다』라는 책을 읽어 보라고 추천해 줬다. 그때 머릿속에 떠오른 생각은 '임세원 교수는 우울증 명의이니, 그 책은 환자들을 치료하면서 겪은 이야기겠구나'였다.

예상은 빗나갔다. 본인이 우울증을 겪으면서 쓴 경험담이었다. 자신이 하는 일에 큰 사명감을 가지고 있고, 환자들을 향한 사랑이 큰 의사라는 걸 짐작할 수 있었다. 그는 우울증 환자들이 적극적으로 치료받을 수 있도록 자신의 투병을 세상에 알렸다. 환자들을 끌어안기 위한 것이었다. 정신과 치료를 둘러싼 오해와 편견이 환자들이 치료를 주저하게 만들기 때문이다. 나 또한 우울증을 겪고 있고 자살 예방과 관련한 꿈이 있기에 임 교수님을 향한 관심이 커질 수밖에 없었다.

몇 차례 더 통화하면서 마음의 병이 있는 사람들이 적극적으로 치료받을 수 있도록 환자와 의료인 사이의 가교 역할을 꼭 할 것이라고 밝혔다. 임 교수님은 나의 꿈을 지지해 주셨고 함께 나아가자고 하셨다. 그리고 조만간 얼굴을 보면 정말 반가울 것이라고도 말씀하셨다. 게다가 그의 절친한 동료 중 일부가 나와 친분이 있어 유대감 같은 걸 느꼈다. 그들 또한 자살 예방에 힘쓰고 있다. 곧 보자던 그 말씀이 아직도 귀에 쟁쟁하다.

자살 예방에 대한 임 교수님의 못다 이룬 꿈은 의료계 동료들과 후배들이 이어 가기로 했다. 훗날 내가 자살 예방을 위해 어떤 역할을 할지 아직 구체적인 계획은 없다. 보건의료 전문기자 시절부터 자살 예방에 특별한 관심을 가졌고, 앞으로도 환자들과 전문가들과 소통한다면 자살 예방에 있어 분명한 나의 '롤'을 찾을 수 있을 거라고 믿는다. 2015년 12월 보건복지부와 중앙자살예방센터가 만든 '자살 예방-청년 편' 공익광고에 출연했을 때, 한국형 자살 예방 교육 프로그램 '보고 듣고 말하기'를 소개한 적이 있다. 이 프로그램이 임 교수님이 동료들과 함께 개발한 것이라는 사실을 그가 떠난 뒤 알게 됐다.

임 교수님의 빈소를 찾지 못했다. 조만간 꼭 보자고 약속한 그를 영정 사진으로 볼 자신이 없었다. 또 빈소를 지키며 슬픔을 억누르고 있는 그의 절친한 동료들을 볼 수가 없었다. 장례 기간 그의 절친이자 동료가 통통 부은 눈으로 간신히 인터뷰하다가 눈물을 터뜨리는 모습을 뉴스로 보면서 동료들이 받았을 충격을 조금이나마 가늠할 수 있었다. 그들을 그곳에서 마주할 용기가 없었다. 그와 함께 만들어 갈 꿈을 가슴 속에 키워 갔고, 함께 만나는 날 많은 이야기를 나눌 것을 고대했기에 영정 사진으로 그를 마주할 수가 없었다. TV

뉴스로 그의 영결식, 장지로 떠나는 모습을 지켜볼 수밖에 없었다.

"Today is the best day of my life."

그가 환자들에게 마지막까지 전하고 싶은 메시지일 수 있다. 아무리 힘들어도 삶을 포기하지 말라는, 힘들다는 이유로 인생에서 유일한 '오늘'을 잊어서는 안 된다는 의미다. 그의 장례식이 끝나던 날, 나는 다이어리에 이렇게 한 줄을 남겼다.

"당신을 영원히 기억할 겁니다. 당신이 못다 이룬 꿈, 당신 동료들과 함께 만들어 가겠습니다. 그러니 그대, 뒤돌아보지 말고 가십시오. 편히 쉬십시오."

비교하는 순간, 불행은 이미 시작됐다

대학교를 졸업한 그해 봄이었다. 언론사 입사 시험 준비에 한창이던 그때 과외 아르바이트를 마치고 집으로 가는 길이었다. 갑자기 비가 쏟아졌다. 버스 정류장 근처를 서성이다가 전자제품 대리점 지붕 밑으로 몸을 피했다. 면접시험 합격 통보를 받지 못해 마음이 무거웠는데 쏟아지는 비 때문에 서러움이 북받쳤다.

그때 귀에 익은 목소리가 들려왔다. 사람 음성이 들리는 곳이라고는 전자제품 대리점뿐이었다. 대리점에 진열된 커다란 TV에서 뉴스가 방송되고 있었는데 친숙한 목소리가 들리는 것이었다. 뉴스를 진행하는 아나운서 얼굴이 화면으로 나왔다. 눈을 의심했다. 화면 속 아나운서가 방송아카데미 동기 아닌가. 먼저 방송사 시험에 합격한 동기가 뉴스를 진행하고 있었다. 세련된 모습에 자신감 있는 목소리와 표정, 모든 게 신기했다. 몇 달 전만 해도 같이 공부하던 사이였는데 놀라울 뿐이었다. 내가 알던 사람이 아닌 것 같았다.

그녀를 넋 놓고 보고 있는 사이 한쪽 어깨가 비에 젖었다. 굵어진 빗방울이 얼굴을 사정없이 때렸다. 두 볼이 뜨거워졌다. 눈물이었다. 버스 정류장이 바로 옆이라 버스가 서고 출발하는 소리, 사람들이 올라타고 내리며 떠드는 소리로 시끄러웠을 텐데 동기 목소리 외에는 들리는 게 없었다. 또 다른 목소리가 들렸다.

'쟤는 저렇게 잘 됐는데 나는 이게 뭐야?'
'나도 쟤만큼 하는데 난 왜 안 되는 거야?'
'세상은 내 편이 아닌가 봐.'

나의 내면에서 들려오는 목소리였다. 몇 달 전이지만 오래된 과거 같은 예전의 그녀 모습이 떠올랐다. 유복한 가정환경 덕분에 현직 아나운서처럼 항상 정장을 차려입고 다니던 그녀, 형형색색 정장과 함께 그 모습을 부러워하던 내가 떠올랐다. 수업이 끝나자마자 과외 아르바이트를 하러 뛰어가던 나와 달리 그녀는 동기들과 함께 필기시험을 위한 스터디 모임에 참여하는 등 여유롭게 공채 시험을 준비했다. 나는 그녀에게 다정했지만, 속으로는 미워할 때도 있었다. 예전 기억을 떠올릴수록 부러움과 질투, 비참함, 자신에 대한 분노 등 온갖 부정적인 감정이 나를 힘들게 했다. 빗줄기는 더 굵어졌고 그동안 참아왔던 한스러운 감정이 폭발했다. 비를 피하지도 눈물을 닦지도 않았다.

얼마나 시간이 흘렀을까. 봄비치고 꽤 굵은 빗줄기라서 한기가 느껴졌다. 우산을 쓴 사람들이 오가는 모습이 보였다. 정신이 들었다. 꿈을 이룬 친구를 어린아이처럼 질투하는 내가 참 모자라 보였고 부끄러웠다. TV에 나오는 친구를 발견하고 축하해 주지 못할망정 시샘하고 스스로 비하하는 내 마음을 들킨 것만 같았다. 문득 이런 생각이 들었다. '만약 그 친구가 내 처지라면 어땠을까?'

오래전, 수업이 끝나고 과외 아르바이트를 하러 가려는 내게 그녀가 말을 걸었다.

"지수 언니, 이거 언니 거야. 이번 주 시사상식 정리한 건데 가져가."
"…."

그녀는 비닐 파일을 건네며 말을 이어갔다.

"언니는 우리랑 스터디 같이 못 하지만 언니 것도 챙겼어."
"괜찮아. 난 내가 알아서 할게. 어쨌든 고마워."

고마웠지만 자존심도 뭣도 아닌 이상한 감정이 날을 세웠다. 끝내 파일을 받지 않고 웃으며 자리를 떴다. 모든 면에서 여유 있는 그녀가 미웠다.

그녀는 마음이 넉넉했다. 내가 먼저 입사했다면 그녀는 나를 진심으로 축하해 줬을 것이다. 시험 준비와 관련해 내게 물어보고 상의했을 것이다. 워낙 지혜로운 친구였으니. 동기들에게 친절했지만 속으로는 경계하던 나와 달리 그녀는 배포가 컸다. 필기시험 예상 문제를 동기들과 공유했고, 방송용 정장을 잘 만드는 업체나 헤어·메이크업을 잘하는 곳을 정리해서 정보를 나누기도 했다. 그 친구는 자신에게도 동기들에게도 관대했다. 당시 나로서는 이해할 수가 없었다.

'다 경쟁자인데 어떻게 저럴 수 있을까.'

비에 젖은 몸으로 버스에 올라탔다. 사람들은 비 맞은 생쥐 꼴을 한 나를 놀란 듯 쳐다봤다. 그것도 잠시 그들의 시선은 원위치로 돌아 갔다.

'저들은 나한테 관심도 없다. 난 왜 다른 사람들을 항상 의식할까? 나는 나고 그들은 그들인데…. 다들 자기 삶 사느라 바쁜데….'

당시 나는 피해의식 덩어리였다. 그런 내가 부끄럽게 느껴졌다. 걸핏 하면 남과 비교하면서 처지를 한탄하고 슬픔에 빠져 에너지를 낭비 하는 어리석음이 부끄러웠다. 정신 나간 여자처럼 서 있는 내게 젊 은 남자가 자리를 양보했다. 나는 고맙다는 말도 없이 철퍽 앉았다. 내 눈은 창밖으로 향했고 창문으로 돌진하다가 튕겨 나가는 빗방울 을 바라보았다. 야경이 눈에 들어왔다. 반짝반짝 빛나는 불빛은 하 늘의 별을 쏟아부은 것 같았다. 뭐라 규정할 수 없는 다양한 색깔의 불빛이 어우러져 빛나는 게 아름다웠다. 문득 우리네 삶도 이런 모 습이지 않을까 생각했다. 제각각 빛을 발하는 불빛이 함께 어우러지 기에 아름답게 느껴지는 것일 수도.

버스에서 내리니 빗줄기가 약해져 있었다. 우산을 살 수도 있었지만, 그냥 걸었다. 책에서 본 구절이 떠올랐다.

"인생은 '폭풍우 속에서 어떻게 살아남을 것인가'가 아니라 '빗속에서 어떻게 춤을 추는가'이다."

이 구절을 처음 봤을 때 멋진 표현이라 생각하고 다이어리에 적고 또 적었다. 이날 빗속에서 춤을 추지는 않았지만, 미소를 띤 채 자취 집까지 걸어왔다. 누가 그런 나를 봤다면 진짜 무서웠을 것이다. 비 내리는 밤, 인적 없는 골목에서 우산도 안 쓴 젊은 여자가 입꼬리가 올라간 채 미소를 지으며 걸어갔으니.

며칠간 빗속에서 얻은 깨우침을 실행하는 듯했지만, 그 친구를 의식하는 건 여전했다. 또다시 그녀가 진행하는 뉴스를 찾아서 봤다. 신입인데도 자연스러운 진행과 전달력이 돋보였다. 교육과정을 수료하면서 우리는 3명에게 주는 성적 우수상을 받았는데, 그녀는 나와 함께 받아서 기쁘다고 말했다. 그녀는 우리가 같이 발전해 가길 원했다는 생각이 그제야 들었다. 질투의 연장선으로 그녀 방송을 시청하던 내게 변화가 생겼다. 이제, 우리를 위해 '모니터'하기 시작한 것이다.

'예전에 어미 처리가 조금 불안했는데 많이 좋아졌다. 이 정도면 완벽해.'
'뉴스 꼭지가 10개가 넘는데 뭉개지는 발음이 없구나.'
'톤을 한 단계 내렸으면 좋겠어. 그러면 소리가 훨씬 안정적일 텐데. 내가 말해 주면 고칠 텐데.'

뉴스를 시청하면서 그녀가 발전하는 모습을 볼 수 있었고 그것만으로도 내게 분발할 자극이 됐다.

변화는 삶 전체로 스며들기 시작했다. 내가 처한 상황에서 최대한의 성과를 낼 수 있는 나만의 '노하우'가 언젠가 나만의 '무기'가 될 것이라는 생각에 이르렀다. 하루 24시간을 10분 단위, 30분 단위로 쪼개 시간을 관리하던 방식이 경쟁력이 될 것으로 생각했다. 대중교통을 이용할 때는 암기가 필요한, 반복해서 봐야 하는 것을 읽었다. 걸어서 이동할 때는 무언가를 집중해서 읽을 수 없었지만, 이 시간을 허비할 수 없어 큰 소리로 발음을 연습하는 시간으로 삼았다. 간판이나 도로 표지판, 현수막 등 눈에 보이는 모든 걸 큰 소리로 정확하게 읽거나 발음하기 어려운 단어들을 정리한 수첩을 가지고 다니면서 연습했다. 이렇게 하다 보니 따로 시간을 내어 발음을 연습할 필요가 없었다. 지하철역에서 다른 호선으로 갈아타려고 이동할 때는 열차에서 읽은 신문 사설이나 칼럼을 말로 풀어내는 스피치 연습을 했다. 환승 통로는 오가는 사람이 많아 어수선하고 시끄러워 스피치 연습에 적격이었다.

과거에는 이렇게 시간을 관리하면서도 다른 애들이 여유 있게 준비하는 걸 질투하고 부러워했다. 하지만 새로운 사실을 깨달았다. 공부할 시간이 부족한 건 맞지만, 하루 중 온전히 장악한 시간은 내가 더 많을 수 있다는 생각에 이르렀다. 어쩔 수 없이 택한 시간 관리이지만 나만의 무기가 되어 가고 있다는 것과 함께. 20여 년 전 나를 떠올리며 기분 좋은 자극을 받을 때가 있다. 글을 쓰고 있는 지금도 그렇다. 그때의 내가 열심히 살아 줘서 오늘의 내가 존재한다는 사실에 감사함을 느낀다.

내 영혼의 처방, 캐나다 로키

· 변곡점에 선 한국 의료계
· 생성 AI는 AI의 위대한 변곡점
· 두 나라 관계 개선의 변곡점

기사를 쓸 때 애정을 가졌던 단어 중 하나가 '변곡점'이었다. 변곡점이란 굴곡의 방향이 바뀌는 자리를 나타내는 곡선 위의 점을 뜻한다. 어떤 현상이 새로운 변화를 가져올 때 사용한다. 변곡점을 인생에 적용한다면, 살아가는 모습이 바뀌는 전환점이 될 것이다. 나의 경우 삶의 목표나 방향이 달라진, 인생의 변곡점이 전혀 생각하지 못한 곳에서 나타났다.

2019년 7월 캐나다 로키 여행, 간절하게 원하던 위로를 낯선 그곳에서 받았다. 그것도 전혀 예상하지 못한 상태에서. 로키는 모든 생명체를 품은 대자연, '어머니'의 모습으로 나를 반겼다. 광활하고 태곳적 아름다움을 간직한 로키. 그곳은 내가 어디에서 왔는지 언젠가 돌아갈 곳은 어디인지를 가리키는 것 같았다. 유네스코 세계자연유산에 등재된 캐나다 로키산맥 공원은 밴프, 재스퍼 등 7개의 국립·주립공원으로 구성되며 산봉우리, 빙하, 호수, 폭포 등 빼어난 경관으로 유명하다. 나를 압도한 건 대자연의 힘이었다. 저 멀리 보이는 만년설로 뒤덮인 설산과 수천 년 전 형성된 빙하는 아득한 옛날을 연상시켰다. 마치 빙하가 수천 년 동안 그 자리에서 녹지 않은 채 나를 기다려 준 것 같았다.

청록색 호수들은 하나같이 이 세상 모든 에메랄드를 쏟아부은 것 같았다. 로키의 호수들은 빙하가 녹아 만들어진 것인데 비슷한 듯하면서도 다른 모습이었다. 특히 페이토 호수(Pyeto Lake)는 로키의 아름다움을 품은 결정체였다. 나는 내 눈을 의심했다.

'이런 빛깔이 어떻게 존재할 수 있을까?'
'로키의 호수들은 신(神)이 이곳에 실수로 물감을 쏟은 것 같아. 페이토 호수에는 신이 가장 아끼는 물감을 흘린 거겠지.'

로키의 호수들은 계절에 따라, 또 시간대에 따라 색깔이 다르게 보였다. 아무래도 물감을 가지고 시시각각 장난친 게 분명했다. 호수 주변으로는 하늘로 쭉쭉 뻗은 진녹색 삼나무와 전나무가 군락을 이뤘다.

'지상에 천국이 있다면 이곳일 거야.'

내가 느낀 감정은 극도의 황홀함, 실체를 알 수 없는 힘에 이끌리는 두려움이었다. 심한 어지러움과 두통이 밀려왔다. 공황장애 같았다.

'제길, 난 너무 즐거워도 안 된다는 주치의 말이 맞네.'

버스 쪽으로 향하려는 순간, 발밑에 민들레가 보였다. 생명이다. 여기서 꽃은 그냥 꽃이 아니었다. 생명체에는 너와 나의 경계, 구분이 없었다. 모두 혼연일체(渾然一體)였다. 계절의 구분도 의미가 없었다. 로키에는 사계절이 공존했다. 맑고 높은 하늘은 가을을 가리켰고, 눈 덮인 산은 겨울이었으며, 호수를 둘러싼 짙은 녹색의 나무들은 여름임을 알렸고, 민들레 군락은 봄이었다.

꽃이든 나무든 인간이든 피고 지는 모습만 다를 뿐 결국 생(生)이란 하나라는 생각이 들었다. 병들어 아픈 몸과 마음도 나 자신이며 생명력 넘치는 심신 또한 나 자신이라는 것, 기쁨으로 충만한 시절이나 슬픔과 괴로움의 나날도 모두 내 삶이라는 것, 죽음도 삶의 마지막이자 살아온 나날의 결정체라는 것.

설산을 향해 올라가는 버스 안, 빙하가 점점 가까워졌다. 우리가 빙하 곁으로 가는 게 아니라 빙하가 성큼성큼 다가오는 것 같았다. 눈이 녹지 않고 쌓여서 만들어진 빙하에 가까워질수록 오랜 세월이 만들어 낸 견고함이 느껴졌다. 빙하에 나타난 물결무늬는 땅속의 화석처럼 오랜 시간의 흐름을 보여 줬다.

버스가 고지대로 올라서면서 귀가 먹먹해지는데 익숙한 멜로디가 들어왔다.

"When I am down and, oh my soul, so weary When troubles come and my heart burdened be⋯."

노래는 웨스트라이프의 "You raise me up", 노랫말이 오랜 시간 묵묵히 자리를 지켜온 빙하가 들려주는 말과 같았다. 눈물이 나지도 코끝이 찡해지지도 않았다. 어떠한 신체적 반응도 없었지만 내 영혼은 흐느끼고 있었다. 슬퍼서가 아니라 그동안 버텨 온 내가 대견하다고 스스로 건네는 격려 같은 것이었다.

버스 안이 숙연해졌다. 노래가 나오기 전만 해도 수십 미터에서 수백 미터까지 이르는 빙하의 웅장함에 대한 탄성과 사진 찍는 소리가 곳곳에서 들렸다. 그런데 약속이나 한 듯 모두 조용해졌다. 나 혼자 버스에 탄 것처럼 노래 외에 아무 소리도 들리지 않았고, 빙하에 조금씩 가까워지고 있었다. 사람들 대부분 차창 밖을 보며 깊은 생각에 잠긴 것 같았다. 빙하가 우리를 잠시 멈춰 세운 것이다.

설상차를 타고 빙하에 올랐다. 빙하를 밟고 빙하 앞에 섰다. 이 거대한 얼음덩어리는 무엇일까. 빙하는 오랜 세월 녹지 않은 눈이 켜켜이 쌓인 인고(忍苦)의 결정체였다. 얼마나 많은 사람이 이곳을 찾았을까. 그들은 무슨 생각을 했을까. 내 머리 위로 쏟아지는 햇빛은 강했고, 빙하에 반사돼 눈이 부셨다. 장갑을 벗고 손을 대 봤다.

'이렇게 견디기까지 얼마나 힘들었니. 녹아내릴 뻔한 순간들이 있었

지만, 너는 버텨 냈어. 고마워. 그 시간을 버티고 이렇게 나를 맞이해 줘서.'

누군가는 녹지 않는 얼음덩어리에 불과하다고 말할 수도 있다. 하지만 나는, 나의 마음은 벅차올랐다.

'나도 그렇게 버틸 거야, 견딜 거야, 살아 낼 거야. 녹아내리고 싶을 때가 찾아와도 견뎌 낼 거야. 빙하, 너처럼.'

빙하를 뒤로하고 내려오면서도 눈이 자꾸만 차창 밖을 향했다. 무언가를 놓고 온 것처럼.

'내가 세상을 떠난 후에도 너는 이 자리를 지키겠지. 누군가가 너를 찾아와서 사는 게 너무 힘들다고 하면, 그래도 어떻게든 살라고 말해 줄래? 어떻게든 살면 살아진다고, 살게 된다고 말해 줘.'

신의 영역으로 느껴졌던 로키의 호수들을 보면서 두 눈과 마음으로 아름다움을 온전히 느낄 수 있음에 감사했다. 아름다움을 느껴야 하는 게 당연한 일 같지만, 건강한 두 눈으로 신비로운 호수의 빛깔을 감상할 수 있고 사랑하는 어머니와 함께 이 절경을 볼 수 있음에 감사했다. 튼튼한 다리로 로키를 누비고 무난한 성격으로 패키지여행 일행과 잘 지낼 수 있다는 사실에도 감사할 뿐이었다. 거대한 얼음덩어리로만 여길 수 있는 빙하에 말을 건네고 빙하에 기대어 안아 줄 수 있는 예사롭지 않은 감성을 준 신께 고마웠다. 빙하가 해 주는 말을 들을 수 있었던 것도 감사했다.

빙하는 내게 말했다. 더 단단해지라고.
완치되지 않더라도 네가 더 단단해지면 병들도 더는 어떻게 하지 못한다고.
네 마음속에 '빙하'를 만들라고.

지금 이 인생을
다시 한 번 완전히 똑같이 살아도 좋다는 마음으로 살라.

·차라투스트라는 이렇게 말했다·

3,923일의 생존 기록

에필로그

아모르 파티(Amor fati),
내 운명을 사랑하기까지

이 책을 완성하기까지 5년간 글을 쓰고 지우고 다시 쓰기를 반복했다. 그러면서 얻게 된 건 한 문장의 라틴어였다. '네 운명을 사랑하라'라는 뜻의 '아모르 파티'(Amor fati).

우울증은 내가 가장 높이 비상했을 때 찾아왔다. 불우한 대학 시절을 거쳐 조금 늦게 기자가 됐기에 더 열심히 일했다. 보건의료 분야 전문성을 특화해 국내에서 가장 큰 언론사로 이직에 성공했지만, 인생 최대 복병이 나를 기다리고 있었다. 심각한 수준의 우울증을 진단받았으나 최대한 노력했다. 약을 철저하게 복용하고, 술을 끊고, 규칙적인 생활로 컨디션을 좋게 하는 등 의료진이 조언하고 권고하고 당부하는 것을 무조건 따랐다. 투병은 내 삶의 중심축이 됐다.

완전히 나을 줄 알았다. 보건의료 전문기자였기에 사실상 완치되는 병이란 드물다는 사실을 알고 있었지만, 나만큼은 해낼 수 있으리라 믿었다. 약 복용을 단 한 번도 거른 적이 없을 만큼 나는 의료진이 놀랄 정도로 자기 관리가 아주 철저한 환자였다. 투병을 계기로 깨달은 정신건강의 중요성을 알리는 보도를 쏟아 냈다. 그런 성과를 인정받아 (사)한국자살예방협회 생명사랑대상을 수상하기도 했다. 정신과 약물을 복용하면 일하는 데 지장받을 것이라는 오해와 선입견을 깨부수듯 매일 생방송을 진행했고, 열심히 살아온 내게 이런 병을 준 신을 향해 '난 할 수 있다'를 증명해 냈다. 회사 업무가 끝나면 전문가들을 만나 현안을 토론하고 공부했다. 복지부-중앙자살예방센터와 식약처 공익광고에도 의학 전문기자로 출연하고, 지상파 방송사 교양 프로그램에도 전문가로 출연하는 등 대외 활동도 활발히 해 나갔다.

하지만 생(生)은 잔인했다. 내 인생은 나에게 참으로 잔인했다. 온 힘을 다해 관리하는데도 병이 재발했다. 상황은 비관적으로 흘렀고, 그때마다 노력을 더 기울인 나의 인생 전체가 부정당하는 심정이었다. 병은 틈만 나면 삶을 향한 의지를 마비시키고 열정을 사그라들게 할 기세였다. 하지만 나는 버텼다. 입·퇴원과 재발이 반복되는 중에도 전문기자로 성공하기 위해 일과 공부에 몰두했다. 그러잖아도 아픈 몸이 조금씩 더 지쳐 가고 있다는 것을 알지 못한 채.

2012년 8월, 병을 처음 진단받았을 때 너무 오랜 기간 몸을 방치했다는 걸 알게 됐다. 상태가 좋지 않았기에 복용해야 하는 약이 많았고 복용 기간도 길었다. 문제는 2016년에 접어들면서 약물 부작용으로 인한 피로감과 졸음, 멍한 느낌이 심해진 것이다. 점심시간에 취재원들과 식사하면 오후 근무를 이어 가기가 어려웠다. 방법을 찾아야 했다. 점심 약속과 저녁 모임을 점점 줄여 나갔다. 술은 첫 진단 이후 바로 끊은 상태였지만, 사람들을 좋아하는 성격이라 모임까지 끊을 수는 없었다. 사람들은 술을 마시고 나는 제로콜라를 마셨다. 술자리는 고된 기자 생활에 윤활유와 같은 존재였다. 혼자 제로콜라를 마셔도 넘치는 흥은 여전했다. 하지만 모임에 참석하는 횟수를 줄여야 했고, 부서 회식이 있으면 다음 날 연가를 내야 할 지경에 이르렀다. 점심시간에 쉬기 위해 혼자 끼니를 때우고 낮잠을 청하는 날이 많아졌다. 기자로서 생명이 얼마 남지 않았음을 받아들여야만 했다.

기자로서 자신감을 크게 떨어뜨린 건 단기 기억장애인데, 이 증상은 약물 부작용이라고 말할 수 없다. 피로하고 졸리고 멍한 상태에서 일하다가 실수할까 봐 늘 긴장했기 때문에 기억을 잘하지 못하는 것일 수도 있다. 실수에 대한 두려움 때문에 업무를 보면서 두 번 정도 확인하면 될 내용을 열 번씩 확인했다. 가뜩이나 신속성과 정확성이 기본인 취재 현장은 긴장의 연속이었는데 실수에 대한 두려움까지 더해지니 귀가할 때는 에너지가 방전된 상태였다.

참아 낼 수 있는 '임계치'에 다다랐다. 2018년 11월, 취재 현장을 떠나겠다고 선언하고 내근을 지원했다. 보건의료 전문기자라는 타이틀을 내려놓은 것이다. 회사 사람들은 대부분 내가 몇 달, 길어야 1년 정도 내근 부서에 있다가 현장으로 돌아올 것으로 생각했다. 내근 부서로 가기 전날까지도 생방송을 진행하고 멀쩡한 척 연기하며 취재 현장을 누볐기 때문이다. 입·퇴원을 몇 차례 반복하고 병가를 다녀오긴 했어도 휴직한 적이 없었고, 복귀하면 곧바로 생방송을 진행했다. 내근 부서로 간다고 하니 심상치 않아 보이면서도 곧 취재 현장으로 돌아오리라 여겼던 것 같았다. 내근을 결심한 건 더는 취재 현장을 뛸 수 없음을 직감했기 때문이다. 죽을힘을 다해 버텼지만, 한계에 도달했다는 걸 인정하지 않을 수 없었다. 당시 5년 넘게 진행한 건강정보 코너 마지막 생방송을 마쳤을 때의 허탈감이 지금도 생생하다.

'이게 끝이구나. 악착같이 지켜온 게 이렇게 사라지는구나. 허망하게 끝나는구나. 그렇다면 그때 그렇게 기를 쓰지 말 걸 그랬어. 왜 궂은 일까지 하겠다고 나섰을까, 이렇게 끝날 것을 두고. 이 정도 희생도 안 하고 전문기자가 될 수 있겠냐고 스스로 위로했는데, 다 끝나 버렸다.'

강한 의지와 상관없이 재발하는 병 때문에 꿈을 단념하게 되자, 심한 자괴감이 몰려왔다.

2018년 11월, 겨울처럼 몹시 추웠던 날 내근 부서로 출근했다. 새 업무는 방송 국제 뉴스를 제작하는 일로, 부서장과 선후배들의 배려 덕분에 빨리 적응할 수 있었다. 보건의료 분야에 관심을 가지지 않으려고 국내 뉴스와 기사는 아예 접촉을 차단했고, 업계 관계자들과의 만남도 피했다. 취재 현장을 떠나니 피로가 줄어들었고, 컨디션을 잘 유지할 수 있었다. 회사와 집만 오갔고, 지인들로부터 걸려 오는 전화도 잘 받지 않았다. 얼마 전까지 삶에서 전부라고 여기던 것과 저만치 거리를 유지한 채 그동안 관심을 두지 않았던 일상을 들여다봤다. 전문 서적에 치여 책장 끄트머리에 박혀 있던 소설책, 에세이, 시집이 눈에 들어왔다.

돌이켜보면 20대 시절, 시간적 여유가 없어 친구들도 만나기 힘들었을 때 의지한 건 책이었다. 소설이든 에세이든 문장이 주는 힘이 컸다. 위대한 작가 중에는 고난의 시간을 극복함으로써 걸작을 탄생시킨 이가 많았다는 데 위로받았다. 도스토옙스키가 시베리아 유형을 살지 않았다면 『카라마조프가의 형제들』 같은 걸작이 탄생할 수 없었던 것처럼. 극한 상황에 처했을 때 자신의 한계를 뛰어넘어 '작품'으로 승화시키는 이들의 삶에 감동했다.

책은 우울증이 삶에 침투한 뒤부터 나와 뗄 수 없는 부분, 삶의 중심축이 되었다. 전문기자 자리에서 내려왔을 때 절망에 빠지지 않았던 것도 책 덕분이었다. 누군가의 글, 진실한 한 문장이 다시 일어설 용기와 힘을 줬다. 좌절하기에는 꿀 수 있는 꿈이 많다는 사실을 깨달았다. 이런 사고의 전환은 누군가가 고통을 딛고 써 내려간 글을 읽으면서 얻은 위로와 지혜에서 비롯됐다. 자연스럽게 글을 쓰고 싶은 마음이 생겼다.

병에 걸리지 않았다면 작가의 꿈을 꾸지 못했을 것 같다. 글을 써 내려가는 동안, 나를 괴롭히는 우울증, 공황장애, 불안장애가 달리 보이기 시작했다. 글쓰기에 대한 열망과 행복이 내 생각을 바꿔 놨다. 병도 내 인생의 중요한 부분이라는 것, 나를 힘들게 하지만 더욱 성숙시키고 강하게 만든다는 것을 깨닫게 했다. 살면서 예쁘고 고운 것만 바랐던 나를 돌아보게 했다. 아프고 우울하고 불안한 것도 모두 내 삶이었다. 나는 내 삶을 끌어안기로 했다.
'그래, 이거야. 운명, 네 운명을 사랑하라. 아모르 파티! 노력함에도

바뀔 수 없다면 받아들이는 것. 그게 삶을 대하는 성숙한 태도야.'

병이 나에게 작가라는 꿈을 선물했지만, 고통의 시간도 존재했다. 글을 쓰면서 기억 저편에 묻어 뒀던 트라우마가 되살아나 내 목을 졸랐다. 심한 공황장애가 왔다. 그 여파로 2020년 1월, 입원까지 하자 주치의 교수는 글쓰기를 중단해야 한다며 시간이 흐른 후에 쓰는 게 좋겠다고 조언했다. 주치의 말을 듣기로 했고, 글을 쓰기 위해 내가 먼저 단단해지기로 했다.

'어떻게 하면 단단해지고 강해질 수 있을까. 언제쯤 그렇게 될까.'

글쓰기를 하지 말라는 주의가 있었지만, 그럴수록 쓰고 싶었다. 다행히 2020년 1월 입원을 끝으로 3년이 넘은 지금까지 크게 아픈 적이 없다. 이때 입원하면서 나한테 잘 맞는 약을 찾았고 현재까지 좋은 컨디션을 유지하고 있다.

신기하게도 세상은 하나의 문이 닫히면 또 다른 문이 열렸다. 기회라는 건 때로는 '위기'라는 옷을 입고 찾아온다는 사실도 잊을만하면 일깨워 줬다. 내근 부서로 오면서 생방송을 할 기회는 없을 것으로 생각했는데 기회가 주어졌다. 코로나19 현황을 석 달여 간 매일 전달하는 코너에 이어, 〈김지수의 글로벌브리핑〉까지 매일 생방송을 진행할 수 있었다. 하지만 신은 나를 더 단단하게 만들고 싶었던 것 같다. 2021년 2월, 난소에 문제가 생겨 수술대에 올랐다. 수술

이후 재발을 막기 위해 호르몬 치료를 받으면서 가뜩이나 피로한 증상이 더 심해졌다. 힘들고 지치는 상황이었지만, 그냥 받아들였다. 이것 또한 내 삶이라는 것을 알기에.

2022년 3월, 호르몬 치료도 부담 없이 받을 만큼 건강해졌을 때, 예상하지 못한 비보를 접했다. 봄기운이 완연한, 목련이 피기 시작할 무렵 목련을 닮은 주치의의 죽음을 통보받았다. 정신적 지주를 잃었다는 충격은 크고 깊었다.

'마지막으로 본 게 언제더라. 일 때문에 계속 토요일 일반 진료에 갔었지. 지난해 초가을에 본 것 같아. 항상 나한테 고맙다고 했어. 그날도 말했지. 이렇게 살아 주고 견뎌 줘서 고맙다고. 너무 애쓰지는 말라고 했어. 그날도 글은 내가 좀 더 단단해지면, 강해지면 다시 쓰라고 했지. 어떤 시련이 와도 무너지지 않을 때 다시 쓰라고 했어. 그 시기는 그때가 되면 저절로 알게 될 거라고 했어.'

집으로 오는 길, 봄 햇볕이 따뜻했다. 햇살 너머 그녀가 있는 것만 같았다. 그녀의 갑작스러운 죽음은 가슴 아프고 슬프고 허망하지만, 그녀를 보내 줘야 했다. 자신을 바라보고 의지하는 많은 환자를 뒤로하고 떠나야 했던 마음을 헤아리고 싶었다. 그동안은 그녀가 내 마음을 헤아리고 살폈으니.

2022년 4월, 다시 글을 쓰기 시작했다. 당분간 글을 쓰지 않겠다고 주치의와 약속한 뒤 그동안 썼던 글을 USB에 저장해 늘 소지하고 다녔다. 글을 써도 괜찮다는 확신이 들 때 언제든 바로 시작할 수 있도록. 주치의가 떠났다는 소식을 듣고 한 달 뒤 노트북에 USB를 연결했다. 글을 다시 쓰기 시작하면서 공황장애가 크게 온 적은 없다. 고통의 시간을 견뎌 낸 것이 정말 다행스러운 일이라고 안도한다. 견디지 못했다면 지금의 나는 존재하지 않았을 것이다. 글을 쓰면서 나는 날마다 치유되고 있음을 느낀다. 덕분에 사람들을 향한 관심이 커지고, 따뜻한 시선으로 세상을 바라볼 수 있게 됐다.

"교수님, 이제 글을 써도 아프지 않을 거 같아요. 어떤 어려움이 닥쳐도 저 자신을 보호할 수 있을 만큼 단단해졌어요. 저 자신도 저를 공격하지 않을 거예요. 이제야 깨달았어요. 좀 아파도 좀 우울해도 좀 불안해도 괜찮다는 것을요. 제 인생이니까요. 이제부터는 제 운명을 사랑할 거예요. 눈 감는 그날까지, 네 운명을 사랑하라! 아모르 파티!"

생각을 담다
마음을 담다
도서출판 담다

보건의료 전문기자의 우울·공황·불안을 '살아 내는' 이야기

3,923일의 생존 기록

초판 1쇄 발행 2023년 6월 9일
지은이 김지수

발행처 담다
발행인 김수영
교정교열 김민지
디자인 김혜정
출판등록 제25100-2018-2호
주 소 대구광역시 달서구 조암로 38, 2층
메 일 damdanuri@naver.com
문 의 070.8262.2645

@ 김지수, 2023

ISBN 979-11-89784-34-8 (03810)